인생 3막, 새로운 여정의 시작

삼성 노블카운티

인생 3막, 새로운 여정의 시작

삼성노블카운티

책읽는수요일
Books
on Wednesday

Contents

제1부
건강을 채우는 사람들

제2부
마음을 채우는 사람들

제3부
열정을 채우는 사람들

부록
도움받을 수 있는 정보들

프롤로그

인생의 황혼기를 황금기로
꾸려 나갈 당신에게

10년 전 푸르른 녹음이 짙었던 싱그러운 계절, 나는 사회 복지사라는 이름으로 어르신들의 세상에 서서히 스며들었다. 이제는 집처럼 익숙해진 이곳, 용인에 있는 시니어 타운으로 출근했던 첫날이 기억난다. 어르신들은 나와는 다른 세상에 사셨던 분들, 이제 막 사회로의 첫발을 내딛는 나와는 다르게 살아온 인생을 정리하고 인생의 황혼기를 마무리해 나가는 분들이라는 생각이 들어서 어르신들의 존재는 멀고 크게 느껴졌다. 마치, 까마득하게 느껴져서 한동안은 내가 오르지 않을 오래된 산처럼.

어르신들과 말을 섞는 것 자체가 나에게는 큰 부담이었다. 어떤 말투와 자세로 어르신들에게 다가가야 할지, 어떤 이야기를 시작해야 대화가 원활하게 이어질지 늘 걱정이 앞섰다.

들릴 듯 말 듯 작은 목소리로 "안녕하세요"라는 말 한마디를 건네는 것이 수줍어 아침마다 자신에게 파이팅을 외치며 출근했던 날들이 이제는 웃으며 떠올리는 과거의 추억이 되었지만, 당시에는 너무 긴장해서 퇴근하고 나면 아무것도 하지 못하고 잠에만 빠져들었던 기억이 떠오른다.

강산도 변하게 한다는 10년이라는 세월은 나를 어르신들의 세상에 흠뻑 빠져들게 하는 데 충분했다. 어르신들은 늘 생각했던 것처럼 어른스럽고, 범접하지 못할 큰 산 같다가도 때로는 어린아이처럼 순수하고 꾸밈없으며, 또 때로는 고민을 한가득 안고 있는 사춘기 소년, 소녀 같기도 하다. 소소한 일상의 고민과 인간관계에서의 어려움, 깊이 들여다보면 사연 하나쯤은 꼭 있는 가족사, 미래에 대한 막연한 걱정과 준비 등. 어르신들의 고민은 나이에 상관없이 누구나 할 수 있는 보통의 고민이다.

지난 10년 동안 나는 어르신들과 많은 시간을 보냈다. 어르신들은 매일 새로운 이야깃거리를 가지고 오신다. 함께 울고 웃으며 사랑을 주고받다가도, 때로는 티격태격 사소한 의견 차이로 다투기도 했다. 그러한 일상 속에서 어르신들의 다양한 모습을 만났다.

특히, 인생의 황혼기를 어떻게 보낼 것인가를 고민하는 그들의 모습에서 나는 새로운 학기를 앞둔 학생들의 모습을 본다. 설렘과 기대감으로 마음은 잔뜩 부풀어 오르지만 어떤 일이 펼쳐질지 몰라 걱정되고 긴장되는 그런 오묘한 감정들을 그들도 오롯이 느끼고 있다.

"은퇴하고 이곳에 왔는데, 늘 일만 하던 내가 뭐부터 어떻게 시작해야 할지 모르겠어요."
"갑작스럽게 시간이 많이 생겼는데, 이제 좀 쉴 수 있겠구나 싶으면서도 불안하네요."
"은퇴하면 어떻게 살아야겠다는 청사진이 있었어요. 이제 그런 것들을 하나하나 실천하면서 살아보려고 해요."
"내가 꼭 배워보고 싶었던 것들이 있었거든요. 시간이 없어서 미뤄왔던 것들을 배울 생각을 하니 앞으로가 기대되네요."

두려움과 걱정이 앞서는 마음이든, 설렘과 기대가 앞서는 마음이든 중요한 것은 앞으로 펼쳐질 새로운 미래가 있다는 것이다. 그 미래를 위해 누군가는 열심히 몸과 마음을 움직일 것이고, 또 어떤 누군가는 그저 흐르는 세월에 자신을 맡길 수도 있겠다.

아무것도 하지 않으면 아무 일도 일어나지 않는다는 진리를 오랜 세월을 살아온 어르신들은 알고 계신다. 그래서일까, 이곳에서 만난 900여 명의 어르신은 모두 인생의 주인공같이 하루하루를 살고 계신다. 작은 움직임에도 마음을 다해 응원하는 것은 그 움직임이 어르신들에게는 큰 의미라는 것을 알기 때문이다. 각자의 방식으로 때로는 크게, 때로는 작게 인생의 황혼기를 황금기로 꾸려 나가는 어르신들의 모습을 보며 나는 그들의 세상으로 점점 빠져든다.

나는 이 책에 은퇴 후 인생의 황혼기를 신나게 걸어 나가는 어르신들의 이야기를 담았다. 정답이랄 게 없는 것이 인생이라고 하지만, 앞서서 인생의 황혼기를 보내고 있는 인생 선배들의 이야기를 통해 앞으로 펼쳐질 누군가의 미래가 두려움보다는 설렘과 기대로 가득하기를 바란다. 누구든지 '내 인생의 주인공'이 될 자격이 충분하니, 당신에게 주어진 인생의 황혼기를 새로운 시작과 출발의 기회로 여기고, 부지런히 움직여 보시기를 바란다.

몇 년, 또는 몇십 년 후에 지금의 이 시기를 돌아보며, '아, 그것은 내가 참 잘 시작했었구나'라는 행복한 자평을 내릴 수 있는 당신이 되기를 바라며, 앞으로 황금색으로 물들어 갈 황혼기를 응원해 본다.

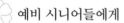

나와 당신의 이야기가 될
우리들의 이야기

인생을 연극에 비유하면 3막 극이라고 생각한다. 1막은 부모 밑에서 보호받으며 교육받고 독립을 준비하는 기간이며, 2막은 부모에게서 독립하여 가정을 이루고 취향이나 능력에 따라 전문 분야나 직장에서 일하는 기간이고, 3막은 정년퇴직 이후 자녀 부양의 책임에서 벗어나 부부가 함께 여유롭게 살 수 있는 기간이라고 생각한다.

1막과 2막에서는 많은 사람의 생각이나 가는 길이 비슷하여 내일, 한 달 후 또는 1년 후 무엇을 해야 할지 예측할 수 있고 준비할 수도 있다. 그러나 3막에서는 지난 수십 년 동안 해오던 일과 의무감에서 갑자기 단절되니 가야 할 길을 정하지 못하고 당황하거나 헤매기에 십상이다.

　　　[본문 제5부 우리들의 이야기, '인생 3막' 中 발췌]

이제 얼마 후면 은퇴를 앞둔 나는 마지막 일터로 3년 전 이곳에 오게 되었다. 평생 해오던 업과는 전혀 다른 생소한 일이었고, 어르신들이 계시는 시니어 타운 대표 자격으로는 사회 복지사 자격증이 있어야 한다는 규정이 있었기에 계획하지 못했던 사회 복지 관련 공부와 실습을 하기도 했다.

60세 이상만 입주할 수 있는 이곳의 일상을 보며 이제 나도 곧 저들의 리그로 들어간다는 생각에 많은 고민과 생각을 해 볼 수 있었던 지난 3년이었다. 평범한 가장으로, 평생을 샐러리맨으로 살아온 나도 여느 가장과 다르지 않게 은퇴에 대한 막연한 걱정을 앞두고 있었다. 매일 오전 8시에 출근하여 5시에 퇴근하는 일상이 사라진다는 것, 꼬박꼬박 들어오는 월급이 사라진다는 것, 내 일과 직함이 사라진다는 것, 잠만 자던 집에서 하루를 꼬박 보내야 한다는 것, 다소 소원해졌던 가족들과 많은 시간을 보내게 된다는 것.

한편으로는 은퇴하면 어떤 걸 해 볼지 생각하며 잘 그려지지 않는 나의 모습을 애써 그려보기도 했다. 그러자 갑자기 그동안 아무런 취미도 없이 살아온 나 자신이 안타까워지기 시작했다. 누군들 장밋빛 미래를 그리지 않을까. 돌이켜보면 최고로 살지는 못했어도 내가 할 수 있는 최선은 다하며 살아온 인생이었다. 앞으로 짧게는 20년, 길게는 40년이라는 세월 동안 재미있게, 신나게 살아보고 싶다는 생각이 들었다.

그래서 나는 이곳에 계시는 인생 선배들의 삶을 유심히 들여다보기 시작했다. 삶의 스토리를 풍성하게 이어나가는 인생 선배들의 모습은 '이제 시작이다', '무한한 가능성이 있는 이 세계로 들어온 당신을 환영한다', '겁먹지 마라, 뭐든지 하면 뭐든지 이루는 법이다'라며 이제 막 출발선에 선 나에게 응원을 보내는 것 같았다.

이곳에서 은퇴 전 마지막 직장 생활을 할 수 있었던 것은 나에게 엄청난 행운이었다. 책으로는 배우지 못했을 노년기 실전 팁을 전수받았다고나 할까. 나는 건강하게, 열정적으로, 마음을 나누며, 행복하게 은퇴를 맞이할 계획을 세우고 있다. 혹자는 말할지도 모른다. 당신이 본 것이 다가 아닐 수도 있어요! 그렇다. 내가 애써 자신이 살고 싶은 장밋빛 미래를 사는 사람들의 모습만 보았을 수도 있다. 그러나 장밋빛 미래를 꿈꾼다면 장밋빛 미래만 보는 것이 맞지 않는가? 나와 같은 처지에 있는 많은 사람과 이러한 이야기를 나누고 싶다. 혹시 모르지 않는가? 당신과 내가 어디에서 어떤 모습으로 만나게 될지!

글을 맺기 전에, 앞서 이야기했던 마지막 일터라는 말은 조금 수정을 해야겠다. 나의 계획에 따르면, 앞으로 나에게 몇 번의 일터가 더 생길 수도 있을 것 같다. 새로운 일터에서, 혹은 전시회장에서, 어떤 여행길에서 이 이야기를 나눌 우리가 우연히 만날 수 있기를 바란다.

점심 식사 후 매번 나서는 산책길에 오늘은 비가 내린다. 비가 내리니 모든 것이 선명해진다. 초록의 나뭇잎과 그가 내뿜는 향긋한 냄새, 보랏빛의 맥문동과 가을의 시작을 알리는 코스모스, 잠시 잎을 접은 수국도 날이 쨍할 때는 잘 보이지 않더니 빗물을 맞아 오므린 잎 모양새를 선명히 내보인다. 매일 새로운 꽃을 피우는 무궁화도 어제처럼 나를 반긴다. 수풀 속 깊이 숨어 있는 노란 토란꽃을 찾은 건 분명 행운이다. 세상이 선명하니, 앞으로 내가 갈 길도 선명해지는 것 같다. 다가올 인생 3막이 이제는 마냥 두렵지만은 않다.

눈부시게 아름다운 가을의 풍경처럼 나의 인생도, 당신의 인생도, 우리 모두의 인생도 아름답게 수놓아지길! 은퇴를 앞둔 많은 사람에게 이 책에 소개된 수많은 인생 선배의 삶이 앞으로의 삶을 설계하는 데 있어 큰 도움이 되었으면 하는 바람이다.

- 곧 시니어 세대로 걸어 들어갈 은퇴 예정자
'삼성노블카운티' 최광모 대표

**다양한
은퇴 유형**

당신은 어떤 황혼기를
꿈꾸고 계시는가요?
선택은 당신의 몫입니다.

꽃보다 할배형

가족이나 타인에게 의지하기보다는 독립적이고, 자주

적인 삶을 꾸려나가는 유형

❖ ————

최경훈 할아버지는 매일 아침 조간신문을 들고 인근의

카페로 가서 늘 마시던 커피를 주문하며, 여유로운 아

침을 보내고 온다. 할아버지의 오래된 습관이다. 맨손

체조와 스포츠센터에서 간단한 운동을 하고 나면 중절

모에 활동적이지만 격식을 갖춘 옷을 입고 오후의 일정

을 시작한다. 몸이 아픈 배우자를 돌보는 와중에도 타

인의 도움을 받아 가며 확실하게 자신의 시간을 갖는
할아버지의 스트레스 지수는 매우 낮은 편이다.

버킷리스트 실천형

**은퇴 후의 시간을 축복이라 여기고, 평생 하고 싶었던
일들을 이뤄가는 유형**

❖ ────────

황의영 할아버지는 69세의 나이에 은퇴한 후 아라비아
반도, 아프리카, 동유럽, 중미, 인도네시아, 코카서스,
발칸반도, 중앙아시아, 부탄, 몽골, 티베트 등을 여행했
고, 12년간의 기록을 한 신문사에 꾸준히 연재했다. 여
행 기록을 담은 그의 블로그는 당시 파워 블로거로 선
정되기도 했다.

하성자 할머니는 오랫동안 꿈꿔왔던 자서전을 집필하
는 데 많은 시간과 노력을 들였다. 시니어 타운에 있는
문화센터에서 개설한 '내 인생의 글쓰기'라는 프로그램

을 통해 인생의 이야기를 풀어내는 데 도움을 받았고, 자서전 출간 이후 인근 대학교에서 삶의 지혜를 나누는 강좌에 멘토로 참여하는 기회도 가질 수 있었다.

재능 나눔형
본인이 가진 재능을 이웃들을 위해 나누는 유형

❖ ————

과거 영어 교사였던 윤교영 할머니는 복지관을 통해 근처에 있는 고등학생과 인연을 맺었고, 일주일에 한 번씩 만나 영어 과외를 해 주고 있다. 진지하고 성실하게 임하는 할머니의 모습에 부응하여 학생도 높은 성적으로 보답해 주고 있다며, 할머니는 일주일의 이 시간을 가장 기다린다.

은퇴 직후 시니어 타운에 입주한 윤지희 할머니는 과거 한국무용과 노래를 가르쳤던 경험을 살려 이웃 주민에게 무료 강좌를 진행하고 있다. 이웃이면서도 선

생님인 윤지희 할머니에 대한 사람들의 반응은 상당히
긍정적이다.

대기만성형

**공부, 취미, 활동 등을 시작하고 꾸준히 이어나가 목표한
바를 이루는 유형**

❖ ———

때로는 재능이나 적성을 뒤늦게 발견하기도 한다. 남편
을 간호하던 중 뜨개질을 시작한 문영순 할머니는 수준
급의 실력으로 뜨개질 인형 전시회를 열기도 했다. 3D
입체 퍼즐로 세계 유명 건축물을 재현한 유장자 할머니
도 작게나마 이웃들 앞에서 그간 만든 작품들을 선보이
기도 했다. 100피스로 시작해서 3,000피스의 퍼즐을 만
들어내는 김연숙 할머니의 작품은 누구나 시작할 수 있
지만, 누구나 끝낼 수 있는 건 아닌 것 같다.

다재다능하고, 인품이 좋아 여러 곳에서 찾으므로 갈

곳도, 해야 할 일도 많은 유형

∴ ───────

매사에 늘 적극적이고, 상냥한 이순자 할머니는 여러

곳에서 찾는, 요즘 말로 하면 핵인싸˙다. 참여하고 있는

모든 프로그램의 중심에는 할머니가 있다. 할머니는 회

장, 총무와 같이 꽤 귀찮은 책임을 맡아야 하는 일도 감

사한 마음으로 수행한다. 그리고 책임감 있게, 성실하

게, 즐겁게 임한다. 그래서 할머니는 어디서든 환영받

는다. 매일 종종걸음으로 다니는 할머니에게 24시간은

항상 모자라다.

───────

* 아주 커다랗다는 뜻의 '핵'과 잘 어울려 지내는 사람을 의미하는 '인사이
더'의 합성어로, 무리 속에서 아주 잘 지내는 사람을 의미. 네이버 오픈 사
전 참조.

당신은 나의 동반자, 그대를 사랑합니다형

혼자가 되었지만 마음이 맞는 인생의 동반자를 만나 황혼의 사랑을 일궈 나가는 유형

❖———

기분 좋은 향수 냄새와 말끔한 정장으로 시선을 끄는 이현준 할아버지가 밖에서 데이트하고 온다며 가벼운 발걸음으로 나가신다. 가끔 만나 밥도 먹고, 영화도 보고, 근교에 나들이도 가는 할아버지 커플의 모습은 여느 젊은이의 데이트와 크게 다르지 않다. 좋은 이성 친구를 만드는 건, 젊은이에게만 허락된 것은 아니다.

가족 없이는 못 살아형

가족이 나의 전부라고 생각하고, 조금만 소홀해도 금방 서운해하는 유형

❖———

이홍순 할머니는 만날 때마다 아들과 며느리 이야기를

빼놓지 않는다. 이야기의 반은 자랑이요, 나머지 반은 험담이다. 자주 아프고, 잘 먹지도 못하는데 아들과 며느리는 잘 오지도 않는다면서 서운한 마음을 한껏 풀어놓으신다. 일주일에 한 번씩 찾아오는 아들은 효자라고 소문이 났는데도 할머니 마음에는 영 못마땅하신 것 같다.

언젠가 가겠지, 세월아 흘러라형
특별한 계획이나 취미 또는 활동 없이 하루를 보내는 유형

❖ —————

어쩔 수 없이 많은 역할을 떠안았던 젊은 시절과 비교하면 노년의 시기는 자신의 역할을 찾아야 하는 능동적인 시기임이 분명하다. 은퇴 이후의 삶에 적응하지 못하고, 하루를 그냥 흘려보내는 사람도 많다. 어떻게 시간을 보내는지 모르는 사람이 너무 많은 것이 현실이다.

황혼기는 인생의 그 어떤 시기보다도 나를 위해
보낼 수 있는 시간입니다. 건강을 채우고, 마음을
채우고, 열정을 채우며 더욱더 무르익어 가는 인
생의 전성기를 보내시기를 진정으로 바랍니다.
여기, 당신의 길을 앞서 걸어가고 있는 현자들의
모습이 보이네요. 이들의 모습이 앞으로 당신이
나아갈 길에 등대가 되어주기를 희망합니다.

제1부

건강을
채우는
사람들

🌸 운동 하나는 꼭 익혀 놓을걸…

시간을 되돌린다면, 나에게 맞는 운동을 만나기 위해 열심히 배울 것 같아요. 오래전에 운동을 배워 놓은 사람들은 자신만의 운동 일정을 짜고 체력 관리를 잘하더라고요. 어떤 할머니는 수영장에 가면 굳었던 몸이 풀리고 무엇보다 아픈 다리도 물 안에서는 잘 움직인다며 아침 일찍 수영장에 가요. 또 어떤 이는 젊은 시절에 허리가 크게 아픈 뒤로 걷는 자세를 배웠다고 해요. 지금도 일주일에 한 번씩 센터에 가서 걷기 자세를 연습하는 할머니는 아주 자세 곧게 걷는 사람으로 이곳에서 유명하죠. 오래전부터 운동해 온 사람들에게 운동은 특별한 게 아닌 것 같아요. 맘먹고 해야 한다기보다 일상이 된 것이 참 부러워요.

- 75세, 김영동

세 살 버릇 여든까지 간다고 합니다.

지금까지 살아온 결과 쉽게 변하는 사람을 만나 본 적이 있으신가요? 끊임없는 노력으로 나를 변화시키는 사람은 정말 위대한 사람입니다. 변하는 건 쉽지 않아요.

그런데요, 평균 수명이 길어져서 내 의지와는 상관없이 오래 살 수밖에 없는 지금, 변하지 않으면 살 수가 없게 되었습니다.

이왕 오래 사는 거, 건강하게 장수하기를 바라지 않으시나요?

그렇다면, 바꿔야 해요. 당신의 습관을.

맨발의 할배

요란한 태풍이 유리창을 세차게 때린다. 비 온 뒤에 땅이 굳는다고 하지만 박동수 할아버지의 표정이 한껏 어두워진다. 태풍과 함께 할아버지의 탄식이 허공을 맴돈다.

"아이고, 저것들. 아이고, 저것들…."

언제 그랬냐는 듯 쨍한 햇볕이 내리쬐니 할아버지는 기다렸다는 듯이 산책로로 나간다. 할아버지는 길에 너저분하게 나와 있는 나뭇가지를 치우고 유실된 길을 재빨리 신고해 탄탄하고 예쁜 길로 만들어 놓는다. 누구나 다 좋아하는 길이기는 하지만 본인 소유도 아닌 땅에 그토록 정성을 들일 필요 있나, 싶은데 할아버지는 마치 본인 땅인 것처럼 아끼고 가꾼다. 저 길을 할아버지만큼 좋아하는 사람이 있을까? 할아버지는 태풍이나 폭우, 폭설이 내릴 때를 제외하고는 매일 산책로에 나간다. 늘 같은 밀짚모자를 쓰고 바지를 종아리까지 걷어 올린 채 보드라운 땅의 촉감을 느끼며 걷는 시간을 할아버지는 소중히 여기는 것 같다. 흙길 위 맨발의 할아버지 모습은 편안하고, 행복해 보인다.

이미 오래전부터 할아버지는 맨발로 걸으셨다고 한다. 이곳에 처음 왔을 때도 딱히 맨발로 걸을 만한 부드러운 흙길은 아니었지만, 할아버지는 늘 하던 대로 맨발로 그 길을 걷는다. 자잘한 나뭇가지와 작은 돌멩이가 있는 길은 그 자체로 자연스러웠지만, 맨발로 걷기에 그리 좋은 길은 아니었을 것이다. 그래도 할아버지는 열심히 걸었고, 이웃들에게도 맨발로 흙길을 걷는 게 얼마나 건강에 좋은지 열심히 설명했다. 직원들에게도 맨발 걷기의 효능에 관해 열심히 설명해주셨는데, 그 말의 끝에는 항상 할아버지의 바람이 묻어났다.

"맨발로 걷는다는 것이 신체 건강뿐만 아니라 정신 건강에도 참 좋은 것 같아요. 혈액 순환이나 면역력에도 좋지만, 사람은 흙을 가까이해야 하거든. 흙냄새를 맡거나 흙의 촉감을 느끼다 보면 마음이 편안해지고, 그것에 집중하게 돼요. 한 시간씩 걷고 오면 몸도 마음도 참 개운해져.

나는 3년 전부터 맨발 걷기를 하고 있는데, 별다른 영양제를 먹지 않아도 피로하지 않아요. 처음에는 맨발로 걷는 것이 어색하고, 때로는 아프기도 했거든. 그런데 이제는 발바닥이 아주 단단해졌어. 그래서 웬만한 흙길은 맨발로 걷고 있어요.

참, 우리나라에 맨발로 걸을 수 있는 데가 많은데, 혹시 대전에 있는 계족산 가 봤어요? 거기에 황톳길이 조성되어 있는데 아주 좋아. 여기도 그런 장소가 있으면 참 좋을 텐데, 여기만큼 산책로와 산이 있는 시니어 타운이 많지 않더라고요. 이 자연을 잘 살려서 황톳길 하나 만들면 참 좋겠어요. 그렇죠?"

할아버지의 이야기를 듣고 인터넷으로 계족산봉황산 황톳길을 검색해 보니 맨발 걷기로 유명한 명소였고, 이미 많은 사람이 찾는 곳이었다. 게다가 맨발 걷기가 면역력 강화, 불면증 개선, 혈당 수치 개선 등에 좋다고 하니 어르신들의 동네인 우리 시니어 타운에 만들지 않을 이유가 없었다.

우리는 대전 계족산의 황톳길을 걸어보며 이곳의 산책로에 어떻게 적용할 수 있을지 고민했다. 걷고 싶은 길, 걸으면 몸과 마음이 건강해질 것 같은 길을 만들고 싶었다.

「작은 경사가 있는 황톳길을 따라 길을 오르다 보면, 큰 나무 평상이 반기는 널따란 명상 쉼터가 나온다. 따사로운 햇살과 시원한 나무 그늘이 사각사각 스치는 쉼터에 앉아 있노라면 발에서 나는 향긋한 흙냄새와 식을락 말락 하는 땀의 시큰한 냄새가 온몸을 감싼다. 자연에서는 무엇이든지 허락되는 법. 누구의 눈치도 보지 않고, 비스듬히 평상에 누워보기도 하고, 눈을 지그시 감고 깊은 생각에 빠져보기도 한다.

내일도 만날 수 있지만, 오늘 이 순간이기에 소중한 시간을 뒤로하고 야자 매트를 밟으며 조심스레 내리막길을 내려오면, 작은 농장을 지나 다시 한번 깊은 숲이 나온다. 야생화와 숨바꼭질하듯 재미나게 길을 걷다 보면 큰 잔디밭을 만날 수 있다. 그곳에는 나를 위해 언제라도 노래를 불러줄 것 같은 새들이 기다리고, 작은 무대를 감싼 계절 꽃들은 속절없이 흘러가는 세월도 감사하게 한다.」

머리와 마음으로 그린 조감도에 따라 우리는 산책로를 개축했다. 자연스러움을 거스르지 않되 많은 어르신이 편하게 이용할 수 있는 길을 만들자는 생각이었다. 박동수 할아버지의 작은 바람에 여러 사람의 생각을 더해, 우리는 '힐링 가든'이라는 이름으로 산책로를 재탄생시켰다. 힐링 가든이 만들어지는 내내 할아버지는 누구보다도 많은 관심과 애정을 쏟았다. 공사 현장에 나와 어떻게 진행되는지 지켜보았고, 조금이라도 미심쩍은 부분이 있으면 질문과 조언을 해 주었다. 할아버지의 끊임없는 질문과 조언이 때로는 버겁기도 했지만, 나는 그의 그런 관심이 힐링 가든을 만들어내는 데 중요한 역할을 했다고 생각한다. 마음속에 그린 그림에 가까운 완벽한 그림이 나올 수 있도록 세심한 부분까지 확인, 또 확인하도록 했기 때문이다. 그래서일까, 힐링 가든이 탄생하던 날 상기된 얼굴로 박수를 보내던 박동수 할아버지의 모습이 기억에 진하게 남아 있다.

하루 중 가장 따사로운 햇살을 받을 수 있는 매일 오후 2시가 되면, 할아버지가 땅과 교감하는 특별한 시간이 시작된다. 전보다 더 걷기 좋아진 길을 걸으며 흙, 풀, 새, 바람, 공기와 이야기를 나누고 온 할아버지의 얼굴은 발그레 상기되어 있고, 기분 좋은 땀 냄새를 풍긴다. 시원한 수돗물로 털어낸 맨발의 흙이 사방팔방으로 툭툭 튀는 모습이 생생하다.

요즘 박동수 할아버지를 따라 힐링 가든을 걷는 이곳 어르신들이 하나둘 늘고 있다. 황톳길을 따라 맨발 걷기를 하는 모습도 전보다 더 많이 보인다. 형형색색의 모자들이 산책로를 따라 오르내리며 기분 좋은 춤을 춘다. 그 모습을 보는 나는 또 다른 힐링을 느낀다.

언젠가 당신도 이곳의 정원에서 힐링을 느껴보셨으면 좋겠다. 눈과 귀, 손과 발, 온몸으로 느끼는 진짜 힐링을.

수영장으로
출근하는 이유

매일 아침 7시 40분. 출근하는 길에 늘 익숙한 실루엣의 문동실 할머니를 만난다. 조금 불편한 걸음걸이지만 할머니는 내가 이곳에 출근하듯이 매일 수영장으로 출근한다. 자유로움을 만끽할 수 있는 물속 세상과의 만남이 할머니에게는 무엇과도 바꿀 수 없는 소중한 시간이다.

시니어 타운에 살고 있거나 시니어 타운에 견학을 가본 사람이라면 누구든지 잘 계획된 다양한 운동과 여가 프로그램에 감탄하는 경험을 해 보았을 것이다. 하루의 스케줄을 세워서 알차게 생활하는 자신의 모습을 그려보며 설레는 시니어 타운의 생활을 꿈꿨을지도 모르겠다. 문동실 할머니도 역시 그랬다. 할머니는 처음 이곳에 왔을 때 다소 비만이었던 체형에 변화를 주길 원했고, 그래서 가장 먼저 체력 측정과 운동 처방에 적극적으로 참여했다. 전문 트레이너가 몸의 상태를 확인하고 그에 맞는 운동을 권유해 주곤 하는데, 이에 대한 어르신들의 만족도가 높아서 우리는 누구든지 이곳에 처음 오시는 분이라면 트레이너와의 만남을 권유하곤 한다.

현재 앓고 있는 지병과 복용하고 있는 약, 그리고 신체의 전반적인 움직임과 평소의 습관 등을 고려하여 운동을 처방하는데 할머니에게는 아쿠아로빅이 적합하다는 판단이 들었다. 드라마틱하게 체중을 감량하고 싶었던 할머니는 헬스와 같이 강도가 있는 운동을 처방받길 원했지만, 할머니의 상태에서 헬스나 평지에서 빨리 걷기와 같은 운동을 하기에는 관절에 무리가 갈 수 있었다. 특히, 무릎에 인공 관절 수술을 한 할머니에게 관절에 무리가 가는 운동은 피해야 하는 운동 중 하나였다.

반면, 아쿠아로빅은 신나는 음악에 맞추어 강사의 동작을 따라 하다 보면 1시간이 순식간에 지나갈뿐더러 물의 저항으로 인해 조금만 움직여도 에너지의 소모가 크다 보니 다이어트에도 효과적이다. 무엇보다 관절을 보호하면서도 근력을 강화하는 대표적인 운동이어서 여러모로 할머니에게는 안성맞춤인 운동이었다. 이곳에 오기 전에도 아쿠아로빅을 꾸준히 해 왔던 할머니에게는 다소 싱거운 운동 처방이었을지도 모르지만, 할머니도 본인에게 가장 적합한 운동은 아쿠아로빅이라는 것을 내심 알고 있던 터였다.

"어머니, 무릎에 인공 관절이 있어서 사실 무리를 주는 격렬한 운동을 처방해 드리는 게 어렵겠어요. 기대하셨을 텐데, 만족할 만한 처방을 못 드려서 죄송하네요."
"괜찮아. 내가 내 몸을 잘 알지."
"어머님께서 꾸준히 아쿠아로빅을 하셨던 것으로 알고 있는데, 아쿠아로빅이 어머님께 가장 적합한 운동인 것 같아요. 게다가 여기는 실버 아쿠아로빅이라고 해서 어르신들 맞춤형으로 강의를 진행하고 있으니, 조심해서 시작해 보시는 것이 좋을 것 같아요."
"그래, 알겠어. 넘어지지 않도록 조심히 할게. 고마워."

12년 동안 꾸준히 아쿠아로빅으로 건강을 관리해 온 할머니는 바라던 대로 체중 감량에 성공했을까? 결론적으로 말하자면, 드라마틱하게 체중 감량에 성공하지는 못했다. 다만, 할머니는 지금까지 큰 병치레 없이 건강을 잘 유지하고 계신다. 꾸준한 물리 치료와 규칙적이고 영양가 있는 정량의 식사, 웬만해서는 거르지 않는 운동으로, 할머니는 건강한 수준의 체중을 회복했고, 그 수준을 꾸준히 유지하고 있다.

문동실 할머니처럼 다리가 불편하여 걷는 모습이 어색하거나 때로는 보행 보조 기구의 도움을 받는 어르신들이 신기하게도 물속에서는 인어공주가 되는 모습을 종종 본다. 엄마 뱃속에 잉태된 태아가 양수 속에서 자유롭게 팔과 다리를 뻗으며 노는 모습을 보는 것처럼 편안하고 자연스럽다. 다소 수영장까지 가는 길이 귀찮고 오래 걸리더라도 물속에서 느끼는 자유로움과 편안함을 포기할 수 없기에 문동실 할머니는 아침 일찍 무거운 몸을 일으켜 부지런히 수영장으로 출근한다. 상쾌하게 샤워까지 마치고 하루를 시작하는 할머니에게 당연히 기분 좋은 하루가 기다릴 수밖에 없다.

그것은
오해입니다

"나야 배가 이렇게 나오고 다리가 아프니 어쩔 수 없다
고 해도 복지사는 이거 괜히 우리 따라다니느라 시간만
허비하는 거 아니야?"
"아버님, 저도 운동 되고 좋아요!"

낙상 예방 프로그램에 참여하고 있는 김우석 할아버지는
참여자 중에서도 가장 나이가 많고, 보행이 불안한 분이다.
처음 할아버지가 이 프로그램에 참여하겠다고 했을 때 우리
는 할아버지가 과연 잘 참여할 수 있을지 의문이었다.

낙상에 위험한 걸음에는 앞으로 쏠리는 걸음, 발을 끄는
걸음, 보폭이 좁은 걸음 등이 있는데 불편한 한쪽 다리 때문
에 할아버지는 여러모로 불안해 보였다. 발을 들어 올리고,
보폭이 넓어지는 데 도움을 주는 기계를 차며 걷는 이 프로

그램에 할아버지는 전부터 많은 관심을 보였고, 오랜 기다림 끝에 참여하게 되었을 때 할아버지는 누구보다도 굳은 의지를 보여주었다.

할아버지는 프로그램 시작 15분 전에 가장 먼저 와서 준비하고, 준비 운동 영상이 몸에 익지 않는다며 휴대 전화로 영상을 내려받는 방법을 물어 집에서도 연습하신다. 프로그램 중간에 계단을 오르는 코스가 있는데, 다리가 불편한 어르신들에게는 엘리베이터를 이용해도 된다고 말씀드려서 몇몇 어르신은 중간에 엘리베이터를 타도 할아버지는 끝까지 계단을 오른다. 그저 시간 보내려고 오는 거 아니라며, 목숨 걸고 하고 있다는 할아버지의 이야기가 빈말은 아닌 것 같다는 생각이 든다.

나는 어르신들과 함께 걸으며 그들의 걸음걸이를 관찰하고, 조금 더 편안하고 유연한 자세로 걸을 수 있도록 알려주는 역할을 하고 있다. 걷는 중에 시시콜콜한 이야기를 나누는 것은 어르신들이 더욱더 즐겁고 재미있게 운동할 수 있었으면 하는 마음에서다. 어르신들도 1시간 남짓한 프로그램이 순식간에 지나갔다며 함께 걷고 이야기를 나누니 참 좋다고 하신다. 걸음이 가장 느리고 힘겨운 김우석 할아버지의 옆에서 나는 많은 시간을 보낸다.

"아버님, 힘들지는 않으세요?"

"괜찮아, 이게 나에게 도움이 된다니 열심히 해야지. 걷기도 걷기지만 이 배 좀 보라고. 복지사는 날씬해서 좋겠구먼."

"아니에요. 아버님, 제가 이렇게 날씬해 보여도 속으로 찐 살이 많다고 하네요. 그래서 요즘 저, 운동도 열심히 하고 식단 관리도 하고 있어요."

"정말? 이야, 이렇게 날씬한 사람도 건강 관리를 위해 애쓰는데 나 같은 사람은 더 열심히 해야겠어. 동기 부여가 제대로 되는군!"

"맞아요, 아버님. 열심히 하셔야 해요."

"나도 젊었을 때 이렇게 건강 관리를 했으면 지금쯤 또 다른 모습일 텐데…."

"아버님은 젊었을 적에 어떻게 건강 관리를 하셨어요?"

"등산도 하고, 가끔 골프도 치고, 헬스 같은 운동도 하고 그랬지. 몸을 꾸준히 움직였었기 때문에 나는 내가 건강 관리를 잘하고 있구나 싶었어."

"그 정도면 관리 잘하셨던 거 아니에요?"

"아니, 겉으로만 보고, 속은 못 봤던 거야. 복지사가 지금 보기에는 날씬해 보여도 속으로 살이 쪄서 관리하고 있다고 했지? 그거 엄청나게 잘하고 있는 거야. 나는 열심히 운동한다고 했지만, 나한테 맞지 않는 운동을 하고 있었고, 식단 관리도 잘하지 못했어. 그저 열심히 움직였으니까 건강을 지키고 있던 거로 생각했던 거지. 대부분의 사람들이 그렇잖아. 무엇이든 운동을 하면 '아, 나 열심히 관리하고 있구나'라고 생각하지. 그런데 나는 가끔 사람들한테 말해주고 싶어. 제대로 된 건강 관리를 하고 있는지 한번 돌아보라고 말이야. '지금 하는 것이 건강을 지키는 일이라고 생각하고 계시는지요? 그것은 착각입니다.'"

지금 시기에 할아버지가 자신에게 맞는 운동을 깊이 있게 고민하게 된 건 다행이었다. 한쪽 다리가 불편하기는 하지만 여전히 할아버지는 두 발로 걸을 수 있고, 어디든 갈 수 있는 상황이니, 지금부터 올바른 걷기 운동을 하면 현재의 상태를 더 호전시킬 수 있다는 희망을 품을 수 있었다. 낙상 예방 프로그램은 종료가 되었지만, 할아버지는 프로그램에서 배운 내용을 잘 익혀서 매일 1시간씩 우리가 했던 순서와 방법대로 걷기 연습을 하고 계신다.

젊었을 적의 습관과 관리는 노후의 인생을 좌우한다. 같은 나이이지만 근력 관리를 어떻게 했는지에 따라 어떤 이는 건강하게 두 발로 여행을 다녀오고, 반면 어떤 이는 보행 보조 기구를 잡고 힘겹게 걷는다. 같은 등산을 즐겼다고 하더라도 어떻게 즐겼는지에 따라 어떤 이는 등산의 효과를 많이 보았다고 하는데, 반면 어떤 이는 무릎 관절이 망가져 수술까지 받았다고 한다. 꾸준히 자기 몸에 맞는 운동을 해 온 사람은 여전히 그 운동을 즐기며 건강한 생활을 누리지만, 평생 운동을 해 본 적 없는 사람은 기력이 없고 질병의 고통 속에 여생을 보낸다. 집에서 라면 한 봉지 구경하기 힘들었다는 한 할아버지는 라면에 대한 아쉬움은 진하게 남았어도 건강에 관해서는 아쉬움 없이 노후를 건강하게 즐기고 있다. 소식과 채식은 건강해 보이는 어르신들의 공통된 습관이다. 무엇보다 그들은 자신에게 맞는 운동을 정확하게 알고 있고, 꾸준히 실천하고 있다.

결국은 오랜 시간 나 자신이 만든 결과물을 노년에 만나게 되는 셈이다. 누구도 병약하고 행복하지 않은 노년의 자신을 만나고 싶은 마음은 없을 것이다. 나의 몸에 관해 꾸준히 관심을 두고, 자신에게 맞는 운동을 공부해야 하는 이유 중 이보다 가장 확실한 이유가 있을까?

할 수 있는 것과
할 수 없는 것 판단하기

양준석 할아버지와 홍자경 할머니가 이곳에서의 첫발을 내디딘 날 아침부터 분주하게 이삿짐이 오간다. 짐이 꽤 많은 편이다. 아마 많이 버리지 못한 것 같았다. 그럴 시간도, 정신도 없었을 것이다. 입주 전 진행한 건강 검진에서 발견된 암 때문에 할머니는 이삿짐 정리를 할 새도 없이 항암 치료를 위해 입원해야 했다. 할머니의 손길이 닿지 않은 이삿짐은 어수선하고, 달인이라 불리는 이삿짐 직원들도 어떤 물건을 어디에 놓아야 할지 몰라 난감해한다. 결국, 작은 방에 오랜 시간을 머금은 많은 짐이 켜켜이 쌓인다. 다음 날도, 그다음 날도 정리되지 않은 짐들을 보며 이 방의 주인이 누군지 헷갈리기도 한다.

할아버지는 도움도 마다하고 천천히 자신만 알아차릴 수 있는 나름의 방식으로 짐 정리를 해 나가고 있다. 정리가 될

까 싶었는데 신기하게도 며칠이 지나니 점점 집의 모습이 드러난다. 아직도 깔끔하게 정리되려면 많은 시간이 걸리겠지만 이제야 두 분이 편히 주무실 수 있을 것 같다는 생각이 든다. 방의 삼 분의 일을 차지하는, 무언가 이 집과는 어울리지 않는 커다란 책상 위에 몇 권의 똑같은 책이 보인다. 슬쩍 표지를 보니 저자가 양준석 할아버지다.

"아버님! 며칠 동안 짐 정리하느라 고생 많으셨어요! 많이 힘드셨죠? 언제든지 도와드릴 수 있으니 도움이 필요하면 말씀하세요. 그런데 이거 아버님이 쓰신 책인가 봐요."
"하하하, 이거 내가 쓴 거 맞아요. 내가 산에 가는 걸 참 좋아하거든. 전국에 안 가본 산이 없다니까. 이 책은 산 다니면서 느꼈던 감상 같은 걸 엮은 책인데 사인해서 선물로 하나 줄게요!"

산을 향한 할아버지의 애정이 담뿍 느껴진다. 애산인愛山人답게 할아버지는 우리 시설 바로 뒤에 있는 작은 산을 궁금해하고 이것저것 꼼꼼하게 묻는다. 정상에 올라갔다 오는 데 얼마나 걸리는지, 산의 가파르기가 어느 정도인지, 얼마나 많은 사람이 이용하는지, 산을 오르내리는 길이 몇 가지가 있는지.

동산 정도니 오르기 힘든 산은 아니지만, 할아버지가 산에 대한 정보를 묻는 순간, 몇 해 전 뒷산에 갔다가 미끄러져 고관절이 골절된 한 어르신이 생각났다. 내리막길에 엉덩방아를 찧으며 넘어져서 몇 달 동안 고생을 많이 하셨다. 꼼짝없이 집에서만 지내던 시간 동안 다시 일어나지 못할 수도 있겠다는 불안과 우울로 힘들어하셨던 기억이 있다. 어렵게 재활 치료를 받으며 다시 걷게 되었지만, 넘어져 다치기 전에 비하면 삶의 활력과 에너지가 현저히 차이 나는 것이 사실이었다.

어떤 사고든 우리 삶에 일어날 확률은 50%이다. 그 50% 확률을 걱정하며 도전조차 해 보지 않고 살아가기에는 아까운 인생이라는 것을 알지만, 나는 어르신들에게만큼은 그 50%의 확률을 강조하면서 되도록 조심하기를 부탁한다. 젊을 때야 원기를 회복할 체력과 시간이 있지만, 노년기는 그렇지 않기 때문이다.

"아버님, 정상까지는 코스에 따라서 약 1시간 정도 걸려요. 길을 잘 다져 놓아서 다녀오기에도 괜찮고요. 마트로 내려가는 길도 있어서 여기 계시는 어르신들이 많이 이용해요."

"오, 그래요? 좋네요!"

"그런데 아버님. 아버님도 산을 많이 다녀보셔서 아시겠지만, 어떤 길은 예상치 못하게 미끄럽기도 하잖아요. 몇 해 전에 어떤 어르신께서 미끄러져 다친 적이 있어서, 염려되네요."

"하하하. 걱정하지 마요. 오르려고 물어본 건 아니니까. 그저 산이 좋아서 물어본 거예요. 80대 초반까지만 해도 나는 자주 등산을 했어요. 내가 이렇게 말라보여도 하체 근력이 아주 단단하거든요. 모두 등산을 하면서 얻은 근력이라고 나는 생각해요. 어릴 때부터 기관지가 약해 좋다는 약은 모두 먹어보았는데, 산을 다니고 나서부터는 기관지도 많이 좋아졌지요. 산이 나에게 좋은 영향을 주었어요. 은퇴 후 큰 잔병치레 없이 30년을 살았으니, 나는 그 덕을 산에 돌리고 싶어요. 매일 산에 갈 수 있다는 생각에 은퇴가 기다려지기까지 했으니 얼마나 좋아했는지 알겠지요? 그런데 어느 순간부터는 산에 오르지 않아요."

구십의 나이에도 할아버지는 건강한 편이다. 배가 나오지 않았고 허리는 곧다. 난청이 조금 있기는 하지만 걱정할 수준은 아니다. 그래서 대중교통을 이용해 어디든 혼자서 다녀오시거나 할머니의 보호자로 병원에 가서 접수, 진료, 수납 등을 직접 해결하시기도 한다.

특별히 몸에 이상이 생긴 건 아니었다. 그저 어느 순간 이제는 산에 그만 올라야겠다고 생각하셨다고 한다. 다리 근력이 전보다 약해지는 것을 느꼈고 산에 오르다 혹시 넘어지기라도 하면 다시 일어날 수 없겠다는 생각에 내린 결정이라고.

단순한 취미 그 이상의 것이었던 평생의 즐거움을 내려놓고 나니 할아버지는 매우 공허했고, 아쉬웠단다. 여전히 산을 보면 가슴이 뛰고 오르고 싶은 생각이 들지만, 산에 오르는 대신에 집 앞 산책로를 거닐며 자연의 변화를 느낀다고 하신다. 할아버지는 자신의 건강과 체력을 객관적으로 판단할 줄 아시고, 삶에 위로와 행복을 주었던 일상을 스스로 내려놓을 정도로 결단력과 판단력이 있는 분이시다. 깊은 고민 끝에 등산을 대체할 수 있는 활동을 찾고, 이를 실천하는 관심과 열정도 있으시다.

적절한 시기에 현명한 판단을 내렸던 할아버지는 90세의 나이에 매일 1시간 30분씩 지팡이 없이 집 앞 산책로를 씩씩하게 걷고 올 정도로 건강을 유지하고 있다. 보행 보조 기구 없이 1시간 30분을 걷는다는 것은 90세의 나이에는 당연한 일이 아니다.

건강한 노년을 계획하고 있다면, 지금 내 삶에 즐거움을 주는 무엇인가가 90세가 되어서도 할 수 있는 것인지 생각해 보아야 한다. 그렇지 않다면 언제 그 즐거움을 내려놓을 것인지, 대체할 수 있는 것은 무엇이 있을지 생각하고 계획해야 한다.

축복받은 100세 시대는 오롯이 자신의 선택에 달렸기 때문이다.

반쪽과 함께
걷는 길

75세 동갑내기인 김명숙 할머니와 유진성 할아버지가 이곳에 오신 지 올해로 딱 10년이 되었다. 기념 선물로 준비한 전자시계를 받으시고는, 올 때는 3년만 살다 가려고 했는데 살다 보니 10년이나 되었다며 감회가 새롭다고 하신다. 70대 중반이면 어르신들 사이에서 여전히 한창이라 불리는 나이. 그러니 10년 전 65세의 나이로 이곳에 왔던 두 분은 이제 막 노년기의 걸음마를 시작하는 젊은 노인이었을 테니 주목받았을 것이다.

외향적인 성향의 김명숙 할머니와 다르게 유진성 할아버지는 유독 말수가 적으니, 분명 서로가 닮은 부부는 아니다. 각자의 취향에 맞게 취미 생활을 즐겼고, 함께하는 시간도 그리 많아 보이지 않았다. 오랜 세월 각자의 영역에서 경제 생활을 해 온 맞벌이 부부였고, 성향과 취미뿐만 아니라 생활 방식도 달랐기에 갑자기 함께 무엇인가를 한다는 것이 어색했을 것이다.

지금의 두 분은 어디든 함께 가고, 무엇이든지 함께 활동하며, 서로의 생각과 의견을 정답게 나눈다. 시간이 좋은 약이라는 말이 있듯이, 두 분에게도 서로를 탐색하고 이해할 수 있는 시간의 약이 처방된 것 같았다. 10년 전에는 젊은 부부로 이곳에서 주목을 받았다면, 이제는 누구나 부러워하고 닮고 싶은 부부로 주목을 받는다.

무슨 이야기를 나누길래 저리도 대화가 끊이지 않을까 싶을 정도로 두 분은 함께 많은 이야기를 나눈다. 함께 읽었던 책의 내용, 다녀온 여행지에서의 기억나는 에피소드, 곧 계획되어 있는 트래킹, 최근 개봉한 영화, 오늘의 산책 코스 등등 대화의 주제는 정말 다양하다.

책 중에서도 두 분의 관심은 건강 서적이다. 이곳에 오셔서 규칙적이고 영양가 있는 식사를 하게 된 이유도 있겠지만 책에서 다양한 정보를 습득해 자신에게 맞는 식습관과 영양제 섭취에 대해 알 수 있었고, 몸을 살리는 바른 자세에 대해서도 알고 실천할 수 있게 되었다고 한다.

특히 신우섭 작가의 『의사의 반란』이라는 책을 통해 평소의 습관을 돌아볼 수 있었고 잘못 알고 있었던 건강 정보에 대해 바로 잡을 수 있었다고 하시며, 복지사에게도 적극적으로 추천해 주신다.

어느 산책로를 걸을지, 도보로 20~30분 거리의 영화관을 다녀올지, 조금은 먼 곳으로 가 외식을 한 후 근처 거리를 구경하고 올지 등등 산책 코스를 정하는 것도 대화에 빠지지 않는다. 두 분에게 있어서 산책은 중요한 일과 중 하나다. 매끼니 챙겨 먹는 게 거북하다며 한 끼 정도는 가볍게 드시는 어르신도 많지만, 두 분은 아침, 점심, 저녁 세 끼를 꼬박꼬박 챙겨서 드시되, 식후에는 미리 정해 놓은 산책 코스를 따라 걸으며 소화가 잘되도록 돕는다. 산책할 때는 평소의 걸음걸이보다 더 천천히 걷는데, 운동할 때와 같이 빨리 걸으면 오히려 소화가 더 안 돼서 가볍게 걷는 것이 좋다고 한다. 정다운 실루엣이 먼발치에서 보이면 늘 어김없이 이 두 분의 모습이 나타나기도 하고, 집을 비워 어디 가셨나 궁금해하고 있으면 몇 시간 후에 재미있는 구경거리를 하고 온 모습으로 나타나 막 개봉한 따끈따끈한 영화 소식을 전해주신다. 산책은 운동이기도 하지만 재미있는 놀이이기도 하다.

무엇보다 이 부부의 일상에서 빼놓을 수 없는 것은 여행이다. 여행 장소는 바뀌지만 테마는 늘 같은데, 그건 바로 트래킹이다. 수년간의 노하우로 크게 챙길 것 없는 작은 가방을

메고 전국의 바다와 산과 들로 트래킹을 떠나는 것은 두 분의 큰 즐거움이다. 걷는 즐거움과 눈과 귀가 호강하는 즐거움을 느끼고 싶다면 트래킹을 떠나봐야 한다고 말씀하시며, 트래킹 예찬론자가 된 지 오래다. 특히 혈당이 높은 할아버지는 일상에서의 걷기와 트래킹을 시작하면서 혈당 수치가 많이 안정되었다고 한다.

두 분의 모습을 보며, 함께하는 시간이 이리도 즐거울 수 있다면 세상 모든 사람에게 사랑하는 사람과는 꼭 함께 살아야 한다고 이야기하고 싶다. 책, 여행, 산책, 트래킹, 영화 등등 이야깃거리가 끊이지 않는 부부는 이곳에 온 지 10년이 되었지만, 처음 이곳에 왔을 때보다 더 건강하고 행복해 보인다. 서로를 위한 애정이라는 영양제를 듬뿍 드셨기 때문이 아닐까.

"어머니, 저는 두 분을 볼 때마다 생각해요. 아, 나도 저렇게 늙어가야겠다…, 두 분은 제 삶의 롤모델이에요."
"어머, 그렇게 말해주니, 너무 황송하네요. 나는 삶에 일어나는 모든 일에는 다 그만한 이유가 있어서일 거라고 생각하며 살아왔어요. 살아오면서 내 뜻대로 되지 않은 것도 많았고 속상한 일도 참 많았지만, 주어진 환경에 만족하며 감사하는 것이 최선의 삶이라 생각했어요. 그저 욕심내지 않고, 더 좋은 방향으로 삶을 이끌어가려고 노력하며 살아온 게 다예요.

내게 주어진 건강한 삶을 유지하기 위해 노력했고, 인생을 즐겁게 살아보기 위해 여러 가지 시도했을 뿐이에요. 고맙게도 남편도 그런 생각이었고, 우리가 함께하는 모든 것이 지금은 너무 재미있는 일상이 되었어요. 지금의 삶이 저는 참 좋네요."

앞으로 더 풍성해질 두 분의 이야기가 기대된다. 건강하고 행복한 삶을 위해 함께 걸어갈 수 있는 든든한 반쪽이 있다는 건, 얼마나 감사한 일인가!

내 몸은
내가 다스린다

꼿꼿한 허리, 가벼운 발걸음, 윤기 나는 피부, 소리 높여 이야기하지 않아도 부드럽게 대화를 나눌 정도의 건강한 청력, 그리고 입꼬리가 살짝 올라간 기분 좋은 미소. 누구도 91세로는 보지 않을 윤만희 할머니의 모습이다. 10년 전과 비교해도 놀라우리만치 달라지지 않은 모습이다. 10년 전과 같은 운동을 하고 있고, 같은 시간에 같은 양의 식사를 하신다. 집 안을 항상 깨끗하게 유지하는 할머니가 매년 봄이 되면 커튼을 언제 빨아주는지 제일 먼저 물어보는 모습도 10년 전의 모습과 같다. 반면에 여러 해 동안 할머니와 밥을 먹던 이웃들의 얼굴은 여러 번 바뀌었다. 개인적인 사정으로 이곳을 떠났고, 몸이 아파 병원이나 요양원으로 갔다. 기운이 없어서, 몸이 아파서 식당에 나오지 못하는 이웃도 많아졌다. 그 빈자리를 새로운 얼굴의 이웃들이 채운다.

할머니가 변함없이 건강한 비결이 아주 오래전부터 몸 일부가 된 습관에서 비롯되었다는 것을 나는 어렵지 않게 알아차릴 수 있었다. 할머니는 오래전부터 당뇨를 관리하고 있는데 자신의 병에 관해 전문의만큼이나 해박한 지식을 가지고 있고, 규칙적인 운동과 철저한 식단 관리로 본인의 질병을 잘 통제하고 있다.

할머니의 식단 관리는 크게 특별하지 않다. 식당에서는 어르신들이 본인의 기호에 따라 식사할 수 있도록 쌀밥과 현미잡곡밥을 제공하는데, 할머니는 현미잡곡밥을 제공되는 양의 딱 절반만 드신다. 먹을 양만 덜어놓고 아예 눈에서 보이지 않게 뚜껑을 닫은 후 옆으로 치워 놓는다. 계절에 따라서는 효종갱, 대하 해물탕, 전어구이, 랍스터구이 정식 등 스페셜 식단이 제공되는데 제아무리 맛 좋은 음식이 나오고 좋아하는 메뉴가 나와도 할머니의 철칙은 변하지 않는다. 소식하고 꼭꼭 씹어서 천천히 드신다. 무엇보다 할머니는 매일 아침, 점심, 저녁으로 어떤 음식을 얼마만큼 먹었는지 꼼꼼히 기록하면서 혈당을 올라가게 하는 음식과 그렇지 않은 음식을 공부하고, 본인의 몸에 맞는 음식을 찾아가고 있다. 수십 년간 지속해온 노력으로 이제 할머니는 본인에게 맞는 음식을 웬만큼 찾은 것 같다.

두 번째는 운동인데 할머니만의 비법이 있다면, 바로 꾸준함이다. 어르신들이 편하게 이용할 수 있는 체육관이 구비되어 있지만, 할머니는 장소에 크게 구애받지 않는다. 집, 복도, 계단 등 걸을 수 있는 모든 장소가 할머니의 운동 장소다. 다른 사람과 다를 것 없는 걷기 운동이지만, 할머니를 유심히 살펴보니 걸으면서도 꼿꼿한 자세에 흐트러짐이 없다. 걷는 모습이 불안정한 어르신이 많아 항상 낙상이 걱정되곤 하는데 웬만한 젊은이들보다도 바른 자세로 걷는 할머니의 모습이 유독 인상적이다.

"어머니! 어쩜 그렇게 허리를 꼿꼿이 펴고 걸으세요?"

"젊은 시절부터 이렇게 걸으려고 애를 썼어. 지금도 밖에서나 집에 있으나 늘 허리를 펴야겠다고 생각하지. 집에 있는 소파에 앉아 TV를 보면서도 나는 허리를 펴고 앉아 있어. 절대 눕지 않아. 이렇게 해야겠다 마음먹으면, 몸이 계속 그렇게 하게 되어 있다고."

"저도 매번 자세를 바르게 하려고 하지만 쉽지 않던데, 정말 대단하세요."

"나는 당뇨는 있지만, 허리나 무릎이 아프지는 않아. 아마도 자세가 많은 도움이 된 것 같아. 젊은 사람들도 일찍이 자세를 길들여야 해. 그래야 늙어서 고생 안 해."

91세의 나이에도 할머니는 흔한 지팡이 하나 가진 게 없고 의자에 앉았다 일어날 때는 깃털처럼 가뿐해 보인다. 젊을 때부터 꾸준히 익힌 습관이 지금의 할머니를 만든 셈이다.

요즘 할머니는 더 열심히, 반경을 넓혀 운동을 즐긴다. 가까이 사는 딸이 매일 찾아와 어머니의 운동 친구가 되어 주고 있기 때문이다. 딸이 전담 트레이너가 되어 세심하게 운동을 코치해 주니 할머니는 운동 시간을 더 좋아하게 되었다.

세상이 좋아져서, 어쩌다 보니 100세까지 살게 되었다면서 적지 않은 어르신들이 당혹스러워하는 모습을 보게 된다. 그리고 삶과 죽음은 하늘이 결정하는 것이기에 스스로 어떻게 할 수 없는 영역이지만, 만약 100세까지 살아야 한다면 건강하게 살다가 갔으면 좋겠다는 소망을 내비친다.

건강한 100세의 삶은 자신에게 달렸다는 것을 나는 윤만희 할머니를 보며 느낀다. 20대의 습관이 30대의 삶을 만들고, 30대의 습관이 40대의 삶을 만들며, 젊은 시절의 습관이 노후를 만든다. 모두가 알고 있지만 실천하지 못하는 것을 91세의 할머니는 아주 오래전부터 소신 있게, 뚝심 있게 지켜오고 있다.

스스로 움직이고 노력하지 않는 한 당연하게 얻어지는 열매는 없다는 것을 윤만희 할머니는 몸소 보여준다.

햇볕을
만나는 시간

오후 3시, 나무 사이로 비치는 햇살과 햇살의 기운을 담뿍 담은 숲의 정기를 느끼며 김정은 할머니의 일광욕 시간이 시작된다. 30분의 시간 동안 의자에 누워 아낌없이 내어주는 자연을 오롯이 느끼고 있노라면 몸의 세포 하나하나가 리드미컬하게 움직이는 것 같은 생동감을 느낀다고 한다.

몇 달 전, 할머니는 비타민D가 부족하다는 검사 결과를 들었고, 의사에게서 일광욕을 추천받았다. 일광욕을 할 수 있는 공간이 따로 마련되어 있지 않아서 할머니는 우리 시니어타운의 이 장소, 저 장소를 찾아다니며 일광욕을 하고 있던 차였다. 그런데 일광욕을 하다 보니, 자신뿐만 아니라 일광욕을 하려고 여러 장소를 돌아다니는 사람들을 만났다고 했다. 어떤 이는 야외주차장에서, 어떤 이는 옥상에서, 어떤 이는 농장에서, 그리고 어떤 이는 산책로의 길목에서. 작은 낚

시 의자를 들고 나와 앉아 있는 이도 있고, 어떤 이는 자신의 전용 의자를 갖다 놓은 사람도 있다고 했다.

일광욕하는 어르신들이 하나둘 늘어나고 있다는 것을 알고 있었다. 일광욕하는 사람들을 마주칠 때마다 다소 가벼운 옷차림에 흠칫 놀랐던 이웃들이 나름의 제보를 했기 때문이다. 그래서 일광욕을 위한 별도의 장소를 마련해야 할지 고민하고 있던 차였다.

"노인들에게 일광욕은 정말 좋은 습관이야. 비타민D 주사를 맞거나 영양제를 먹는 사람들도 있는데, 햇볕을 받으면 천연 비타민D를 공짜로 얻는 거나 마찬가지지. 그리고 노인 중에 잠을 못 자서 수면제 먹고 잠드는 경우가 많은 거 알지? 일광욕을 하면 수면에 도움이 되는 호르몬이 나와서 잠도 잘 자게 된다고. 물론 암 투병 중인 사람들은 피부에 반점이나 부종이 생길 수 있어서 조심해야 하지만, 건강한 사람들에게는 아주 좋다는 거지.

행복 호르몬도 생긴다고 하지, 아마. 그래서 우울증 환자들도 일광욕을 하면 많이 좋아진대. 이렇게 좋은 걸 안 할 이유가 있어? 일광욕할 수 있는 장소만 잘 마련되어 있으면 많은 사람이 이용할 텐데⋯. 좋은 장소 좀 한 번 생각해 봐줘."

　일광욕하고 있는 어르신들의 모습을 조금 더 관찰해보았다. 몸에 좋다고 하니, 어떤 분은 햇볕이 아주 뜨거운 낮 12시에 햇볕을 정면으로 받으며 몸이 벌겋게 익을 때까지 일광욕을 했고, 어떤 분은 아픈 다리에 햇볕을 쬐고 나면 다리가 낫는 것 같다고 하시며 해가 잘 드는 산책로 길가에 풀썩 앉아 몇 시간씩 시간을 보냈다. 너무 오랜 시간 자외선을 쬐면 오히려 건강에 해로운데, 너무 과하게 일광욕하는 어르신들이 계셨던 것이다. 김정은 할머니의 말씀처럼, 일광욕을 할 수 있는 적절한 장소가 필요했고, 일광욕에 관한 제대로 된 정보도 알려드려야 할 필요가 있었다.

　마침 산책로 중간에 휴식을 취할 수 있는 넓은 평상이 놓여 있는 장소가 있었는데, 그곳에 일광욕 전용 의자를 비치해 두면 좋을 것 같았다. 김정은 할머니가 일광욕 장소로 추천한 곳이기도 했다. 몇 개의 고목을 정리하고, 야자 매트를 깐 뒤 바닷가에서 봄 직한, 일명 선탠 의자를 몇 개 비치해 두었다.

　며칠 동안의 장마가 끝난 후, 할머니와 함께 그 장소에 가

보았다. 마침 어르신 한 분이 의자에 누워 일광욕을 즐기고
있었다.

"딱 좋네. 햇볕도 좋고, 바람도 좋고, 숲의 향기도 좋고,
사각사각 나무 스치는 소리만 들려.
내가 홍보 좀 많이 해야겠다. 많이 나와서 일광욕하시
라고."

김정은 할머니의 바람대로 요즘에는 일광욕하는 어르신
들이 점점 더 늘어나고 있다. 수면제에만 의존하며 잠을 청
했었는데, 꾸준히 일광욕하니 잠을 자는 것이 조금 더 수월
해졌다고 말씀하시는 분도 계시고, 자연 속에 있다 보면 한
층 기분이 좋아진다고 말씀하시는 분도 계신다. 몇 발자국
만 걸어 나오면 자연과 자신에게만 집중할 수 있는 이 공간
이 생겨 참 좋다고 말씀하시는 분들을 만난다. 김정은 할머
니 덕분에 하루라도 더 빨리 이런 공간을 만들 수 있어서 다
행이다 싶다. 더 많은 분이 일광욕의 매력에 푹 빠지길 바라
는 마음이다.

간절한 바람을
담아 움직이는 하루

심각한 얼굴의 강수자 할머니가 미간을 잔뜩 찌푸린 채 다가오신다. 평소 강수자 할머니에게서 보지 못했던 표정이라 무슨 안 좋은 일이 있는지 걱정이 되기 시작한다. 손에 종이한 장을 꼭 부여잡은 채 걸어오시더니 잔뜩 약이 오른 얼굴로 내게 물어보신다.

"혹시 이 문제 풀어봤어? 아니, 정답이 있기는 한 거야?
몇 번을 생각해도 풀리지 않아."
"음… 어머니, 제가 한번 풀어볼게요."

얼마나 어렵겠나 싶어 호기롭게 문제를 받아들었다. 따로 설명이 없는 가로, 세로 낱말 채우기인데 딱 하나 남아 있는 빈칸의 단어가 이리 생각, 저리 생각해도 풀리지 않는다. 곧 오래된 숙제가 풀릴 기대감에 초롱초롱한 눈빛으로 나를 바라보는 할머니의 눈빛을 애써 피하며 종이가 뚫어져라 쳐다보는데도 감감무소식이자, 기다리다 못한 할머니가 웃음을 터뜨린다.

"하하하! 복지사도 잘 모르겠지? 이거 진짜 너무 어렵네. 이리 줘. 내가 다시 한번 생각해 보게."

할머니 앞에서 영 면이 서지 않지만, 정말 모르겠다. 할머니가 가지고 온 도통 풀지 못할 문제는 뇌 건강 센터에서 내준 숙제였다. 뇌 건강 센터는 우리 시니어 타운에서 치매 예방, 뇌 근육 강화를 위한 다양한 프로그램을 진행하고 있는 곳이다. 신경 심리사가 연령별, 건강별로 반을 구성하여 인지 훈련을 진행하고 있는데 돈 계산하기, 본 그림 상상해서 그리기, 빠르게 말하기, 산수 문제 계산하기, 속담의 뜻 맞추기 등등 흥미를 유발하면서도 활발하게 두뇌 활동을 할 수 있는 프로그램을 운영하기 때문에 많은 어르신이 참여하고 있다.

온 시간을 뇌 건강을 위해 투자하고 있다고 해도 과언이 아닐 정도로 할머니는 뇌 건강 센터에서 내로라하는 모범생이다. 돌아가신 어머님께서 치매를 오랫동안 앓다 돌아가셨다며, 자신은 철저하게 관리해서 치매만큼은 걸리지 않겠다고 다짐 또 다짐하시는 분이다. 지척에서 어머니를 모셨기 때문에 치매란 병이 어떤 것인지 너무 잘 안다며, 말로는 다 하지 못할 지난 세월에 여러 번 한숨을 내뱉는 할머니의 속을 누가 알까 싶었다.

할머니는 정말 알차게 하루를 보낸다. 인지 수업이 끝난 후에도 두뇌를 써야 하는 보드게임을 즐겨 하신다. '루미큐브'라는 보드게임은 우리 시니어 타운에서 인기가 가장 많은 보드게임인데, 숫자가 적혀 있는 작은 패를 가지고 즐기는 놀이인데다가 함께 참여하는 사람들의 패까지 생각해가면서 해야 하는 게임이라 집중력과 판단력이 필요한 게임이다. 보통 4~5명이 시작하면 최소 2시간은 순식간에 지나가기 때문에 많은 어르신이 삼삼오오 모여 루미큐브에 푹 빠져 시간을 보내곤 한다.

뇌도 혈압처럼 매일 관리해야 한다는 신경과 의사의 강의를 듣고 난 후 할머니는 뇌 관리를 위한 수칙을 철저히 지키고 있다. 지적 활동보다 더 중요한 것이 운동이라는 말에 할머니는 즐겨 하지 않던 운동에도 열심이다. 매일 오전 6시 실버 스트레칭 시간에 할머니의 모습이 보이기 시작한 지 꽤 오래되었고, 특히 유산소 운동이 집중력과 판단력을 담당하는 전두엽과 기억을 담당하는 해마를 좋게 한다는 이야기에 걷기 운동도 빠트리지 않으신다. 비나 눈이 올 때도 실내에 있는 걷기 트랙에서 꾸준히 운동한 결과, 한라에서 백두까지의 거리를 걸은 분들에게 스포츠센터에서 드리는 '한백종단상'을 받기도 했다. 1,200km의 한백종단에 성공한 할머니는 이제 2,700km의 만리장성 종단에 도전할 계획을 세우고 있다.

저녁 식사를 마친 할머니가 돋보기를 들고, 다른 한 손에는 문제집을 든 채 로비에 나와 앉아 계신다. 지난번과 같이 미간을 찌푸리고 곰곰이 생각하는 모습을 보니, 문제가 잘 안 풀리는 것 같다. 할머니 곁에 슬쩍 다가가서 보니 구독하고 있는 월간 잡지의 스도쿠 문제를 풀고 계신다.

나열한 빈칸에 숫자를 넣어 채워나가는 스도쿠는, 한 줄에 중복되는 숫자가 들어가지 않도록 만들어야 하는데, 쉬운 것부터 어려운 것까지 난이도가 천차만별이다. 그런데 할머니가 푸는 스도쿠 문제는 슬쩍 보기에도 어려워 보인다.

온종일 몸과 두뇌를 움직이는 할머니에게는 치매라는 병이 끼어들 틈새가 없을 것 같다. 할머니의 바람대로 치매만큼은 비켜 가기를, 매일 충실하고 열심히 살아가는 할머니의 하루에 응원과 박수를 보낸다.

제2부

마음을
채우는
사람들

무조건 좋은 일

우리가 잘하는 것으로 다른 사람을 도울 수 있다니, 이것만큼 좋은 게 어디 있겠어요? 게다가 절인 배추, 양념까지 다 준비되어 있어서 열심히 버무리기만 하면 되는데 당연히 가서 도와야지요. 저는 매년 이곳에서 사랑의 김치 담그기 행사에 참여하고 있습니다. 모두가 함께 만든 김치를 인근 지역 아동 센터나 노인 복지관에 나누곤 하는데 여기에 와서 한 일 중 가장 기분 좋은 기억으로 남을 것 같아요. 할 수 있는 한, 매년 이 행사에 참여하고 싶어요.

다른 사람에게도, 나에게도 행복한 기억으로 남는 일은 무조건 좋은 일이 아닐까요? 코로나-19가 얼른 지나가서 다시 맛있는 김치 냄새 맡으며, 이웃들과 튼튼한 두 팔로 열심히 김치를 버무리고 싶네요.

- 66세, 임선홍

좋은 일이란 거창한 것이 아님을 느낍니다.

나도 행복하고, 다른 사람도 행복하다면 그것이 좋은 일 아닐까요?

좋은 일이 일어나는 하루하루가 좋은 날들이 되고,

그렇게 좋은 세월이 물 흐르듯 흘러갑니다.

당신이 좋은 일을 하고자 하는 마음이 있다면, 망설이지 마세요.

하루라도 빨리 좋은 일이 주는 행복감을 느껴보셨으면 좋겠습니다.

여름이 되면
생각나는 그녀

여름의 향기가 바람을 타고 불어오면, 마음속에 떠오르는 한 사람이 있다. 때로는 그 진한 향기가 그리워 그녀가 선물해 준 부채로 일으킨 살랑거리는 바람 사이로 그녀와의 기억을 되새기곤 한다.

안경희 할머니는 주관이 뚜렷하고, 예술가적인 기질이 다분한 분이었다. 인자하면서도 매서운 면이 있었고, 수용적인 것 같으면서도 자신만의 세계관이 뚜렷했다. 솔직했던 만큼 상대방도 솔직하길 바랐기에 앞에서는 하하 호호 웃다가도 뒤에서 다른 말을 하는 사람을 할머니는 제일 싫어했다. 특히, 할머니는 다양한 관계 속에서 벌어지는 작은 감정 하나하나에 많은 신경을 쏟을 만큼 세심했고, 한편으로는 예민했다. 할머니 앞에서 느꼈던 그 묘한 긴장감이 여전히 기억나는 건 할머니가 누구와도 비슷하지 않고, 아무도 흉내 낼 수 없는 사람이었기 때문일 것이다.

고유의 멋이 있는 할머니의 부채도 꼭 할머니를 닮았다. 할머니의 부채 속 그림들은 보고만 있어도 시원해지는 것 같았다. 그녀의 부채에서는 나뭇잎이 간지러운 바람에 살랑살랑 흔들렸고, 노란 국화꽃 앞에 종달새가 청량하게 노래하며, 저 멀리 시원하고 명쾌한 계곡물 소리가 들리는 것 같았다. 마치 어딘가에 있을 것만 같은 풍경들이 할머니의 손길을 따라 마법처럼 펼쳐졌다.

할머니는 매년 단옷날이 되면 부채를 만들었다. 인사동에 가서 부채 만들 재료를 샀고, 하얀색 고운 한지 위에 멋진 붓그림을 입혔다. 정성껏 만든 부채를 이웃들에게 나누어주는 건, 할머니가 이제 여름을 나기 시작했다는 뜻이었다. 더위를 잘 견디라는 의미에서 부채를 나누던 단옷날의 의미가 할머니를 통해 더 또렷해졌고, 그 부채로 일으킨 바람은 유난히 더 시원하고 싱그러웠다.

할머니는 직원들에게도 매년 부채를 나누어 주었다. 깊은 자연의 멋이 느껴지는 할머니의 부채를 선물 받으면, 다른 데서는 구할 수 없는 진귀한 것을 받은 느낌이었다. 정성이 담겼기 때문이기도 했지만, 부채를 대하는 할머니의 마음이 매우 깊어서 함부로 했다가는 큰일이 날 것만 같았기에 부채를 자주 사용하기보다는 값비싼 보석처럼 귀하게 보관하여 간직하려고 했다.

할머니로부터 선물을 받은 이웃들은 부채를 보여주며 꼭 한마디씩 하곤 했다.

"이 부채 좀 봐. 예술이야, 예술. 어쩜 이렇게 손재주가 좋으실까. 너무 예쁘고 귀해서 쓰기가 아까워."

보는 것만으로도 깊은 감동을 주는 할머니의 부채였다. 우리는 할머니의 부채가 몇몇 사람 사이에서만 알려지는 것이 아쉬웠다. 이곳에 계시는 많은 어르신이 할머니의 부채를 보며 시원한 여름을 날 수 있기를 바랐고, 그건 할머니도 마찬가지였다. 그래서 매년 단옷날이 되면 우리는 할머니와 함께 부채 전시회를 열었다. 안경희 할머니의 부채뿐 아니라 할머니만큼이나 손재주가 좋은 어르신들의 작품을 함께 전시한 부채 전시회는 이곳에서 여름의 시작을 알렸고, 부채 전시회가 열린다는 안내문을 보면서 어르신들은 얇은 옷을 하나하나 꺼내 놓기 시작했다.

부채 전시회를 향한 안경희 할머니의 애정은 대단했다. 전시회를 준비하는 내내 할머니는 매일 전시회가 열리는 장소에 출근하다시피 오셨고, 작품의 개수부터 위치, 조명까지 하나하나 신경 쓰셨다. 무엇이든지 완벽해야 했던 할머니가 전시회를 준비하는 것뿐만 아니라 그런 할머니의 진두지휘를 따라가는 것도 결코 쉬운 일은 아니었지만, 공을 들여 만들어 낸 전시회는 어디에도 견줄 수 없는 품격이 있었다.

어르신들의 아이디어로 전시회 한쪽에 불우아동을 돕는 모금함을 설치해 놓기도 했는데, 관람객들은 눈으로 호강하는 시간을 선물해 주었다며 고마운 마음을 담아 모금함에 기부해 주기도 했다. 그렇게 모금된 금액이 적게는 몇십만 원, 많게는 몇백만 원까지였고, 전액을 치료비가 부족한 아이들을 돕는 후원금으로 기부했으니 어르신들의 부채 전시회는 여러모로 의미 깊었다.

변함없이 부지런하고 성실했으며, 진심 어린 마음으로 만들어진 할머니의 부채는 15년 동안 그 모습을 조금씩 바꿔가며 세상에 나왔다. 누구나 갖고 싶어 했지만, 아무나 가질 수 없었던 할머니의 부채가 어느 것과도 견줄 수 없는 명품이었다고 나는 생각한다.

부채 만드는 것도 보통 일이 아니라며, 매번 올해가 마지막이라고 말씀하셨던 할머니의 전시회는 정말로 올해가 마지막이었다. 아무도 예상치 못했던 마지막이었기에 여전히 매년 여름이 되면 늘 그랬듯이 부채 전시회를 준비해야만 할 것 같은 생각이 든다.

여름이 되면, 할머니가 선물했던 부채가 팔랑팔랑 숨을 쉰다. 그리고 부채에 어린 풍경 속에 할머니의 모습이 보인다. 바람에 한들한들 흔들리는 나뭇잎들 속에서, 노란 국화꽃 앞 종달새의 반짝이는 눈에서, 시원한 계곡물 옆 바위틈에서 할머니가 이번 여름도 시원하고, 무탈하게 잘 나라고 손을 흔들어 준다.

보물 창고 개방

"이것 봐, 집에서 살림하지? 이거 가지고 가서 써!"

심옥진 할머니가 무심한 말투로 내어 준 것은 손으로 뜨개질한 수세미다. 딸기, 꽃, 나무 등 모양도 색깔도 제각각인데 마트에서 파는 것과는 비교할 수 없을 만큼 섬세하고 예쁘다. 할머니는 수세미뿐만 아니라 수납장, 전등, 옷, 베갯잇, 필통 등 웬만한 세간은 모두 직접 만들어서 사용한다.

버리는 상자를 구해와 풀을 먹여 단단히 만든 후, 그 위에 고운 한지를 입히고 전통 무늬를 일일이 붙여가며 만든 할머니의 수납장은 누구라도 탐낼 수밖에 없다. 할머니에게 없어서는 안 될 보물 1호, 컴퓨터 옆에 놓은 작은 전등은 감나무 모양인데, 전등을 켤 때마다 빨갛게 익은 감 위에 하얀 눈이 소담히 앉은 것 같다. 언뜻 스칠 때마다 복스러운 얼굴이 보이는 경대를 보면 갓 시집온 새색시의 발그레한 얼굴이 떠오른다.

아기자기한 소품으로 가득한 할머니의 집에서 단연 눈길을 끄는 것은 무수히 많은 연필꽂이다. 할머니는 다 쓴 휴지심을 모아서 연필꽂이를 만든다. 한쪽 구멍에는 단단한 박스를 대어 막고, 색색이 한지 옷을 입혀 어디에서도 살 수 없는 독특한 연필꽂이를 만들어낸다. 소박한 멋이 묻어나는 예스러운 연필꽂이다. 할머니가 집에 오는 이들에게 연필꽂이를 하나씩 나누어 주었는데도, 이불이 들어가는 옷장 한 칸을 다 채울 정도로 많은 연필꽂이가 남아 있었다.

"내가 주책없이 만들다 보니 이렇게 연필꽂이가 많이 생겨버렸네. 이거 어떻게 하면 좋을까 생각해 봤는데, 혹시 다른 분들 가져가라고 로비에 놓으면 어떨까? 이제 곧 명절이니깐 가족들도 많이 올 거 아니야. 애들 하나씩 가져가서 쓰면 좋을 것 같은데…."

"어머니, 좋은 생각이네요!"

"그래? 괜찮을까? 쓰레기 놔뒀다고 기분 나빠하면 어쩌지?"

"무슨 말씀이세요! 다들 좋아할 거예요. 어머니께서 만든 연필꽂이, 누구나 다 탐내는데요?!"

"그럴까? 그렇게 생각해주면 고맙지."

할머니는 기분 좋게 연필꽂이를 큰 비닐 안에 차곡차곡 담아 주었다. 색동옷을 입은 할머니의 연필꽂이 덕분에 설날의 분위기가 물씬 풍겼다.

"심옥진 할머니께서 만든 연필꽂이입니다. 자유롭게 가져가시고, 즐거운 명절 보내세요!"

연필꽂이는 반나절이 되기도 전에 동나 버렸다. 사람들은 휴지 심을 예쁘게 재탄생시킨 할머니의 생각과 재주에 놀랐고, 감사히 잘 쓰겠다는 말을 남기고 한두 개씩 연필꽂이를 선물 받아 갔다. 미처 가져가지 못한 사람들은 구할 수 없겠느냐며 많이 아쉬워했다.

"어머니! 반나절 만에 연필꽂이가 동났어요. 어르신들이랑 방문한 가족들이 어머니께 감사 인사 전해달라고 하네요. 정말 의미 있는 연필꽂이라면서, 다들 기분 좋게 가져갔어요!"
"아유, 별것도 아닌 거를 귀하게 여겨주니 내가 다 고맙네."

열심히 연필꽂이를 만들던 할머니의 활동은 몇 달 전 의도

치 않게 중단되었다. 집에서 밤에 화장실을 가던 도중 넘어지면서 갈비뼈에 금이 갔고, 꼼짝없이 얼마간은 누워있어야 하는 상황이 되었기 때문이다.

옷장 한쪽을 꽉 채우고 있는 빈 휴지 심들을 보면서 할머니가 속상한듯 말씀하신다.

"저것들 내가 빨리 옷 입혀줘야 하는데…. 나 다시 일어날 수 있을까?"
"물론이죠, 어머니! 지난 명절에 연필꽂이 가져가지 못하신 분들이 저한테 연필꽂이는 어떻게 받을 수 있느냐고 물어보세요. 제가 다음 추석까지는 기다려야 한다고 말해 놓았어요."
"하하하, 내가 연필꽂이를 만들기 위해서라도 빨리 일어나야겠네."

할머니의 도움을 받아 재탄생한 휴지 심들이 이제는 오히려 할머니에게 회복의 동기가 되어 주고 있다. 다가오는 추석이 되면 할머니의 보물 창고는 한 번 더 열릴 예정이다. 모두가 그날을 손꼽아 기다리고 있으니, 할머니의 건강도 더 빠르게 회복되기를 바란다.

마음을 채우는 사람들

살아있는 역사

빛이 바랬지만 세월의 멋이 묻어나는 양복을 차려입은 김영식 할아버지의 모습이 생경하다. 평소에는 좀처럼 보이지 않던 미소도 드문드문 얼굴에 보이니, 할아버지에게 무언가 좋은 일이 생긴 것 같다. 눈에 띄게 말수가 적은 할아버지에 관해 내가 알고 있는 건 고향이 이북이고 평생 군인이었다는 것, 배우자와 사별했다는 것, 그리고 가장 친한 할아버지의 친구는 신문과 책이라는 것이다.

　좀처럼 대화는 길게 이어지지 않을 만큼 무뚝뚝하고, 표정으로 감정을 잘 드러내지 않는 할아버지의 얼굴에 미소가 가득한 것은 틀림없이 무언가 즐거운 일이 생겼다는 것을 의미한다.

　"아버님, 양복 입은 모습을 처음 보는 것 같아요. 양복이 아주 잘 어울리시네요! 기분도 좋아 보이시는데, 오늘 무슨 좋은 일이 있나 봐요!"

"그럼, 좋은 일 있지! 오늘이 무슨 날인지 알지?"

6월 25일이다. 대한민국 국민이라면 누구나 아는 역사적인 날이지만 전쟁을 경험한 어르신들에게 6월 25일은 남다른 의미가 있다. 전쟁은 그들에게 과거가 아니다. 살벌한 전쟁 한가운데 있었던 참전 용사들에게는 나라를 지켜 낸 자랑스러운 기억으로, 전쟁으로 인해 고향과 가족을 잃은 사람들에게는 가슴 아픈 기억으로, 6월 25일은 늘 살아 숨 쉬고 있다.

김영식 할아버지는 이곳에 계시는 150명의 참전 용사 중 한 명이다. 용맹스럽던 군인의 모습은 사라진 지 오래지만 바래지 않은 국가에 대한 충성, 그리고 동사무소에서 준 국가 유공자의 집이라는 문패가 과거의 영광을 빛내 주고 있다.

오늘은 6월 25일이라고 큰 의미를 두지 않으며 말하는 내게 마치 제일 좋아하는 18번 노래를 부르듯이 할아버지가 말씀하신다.

"그렇지, 오늘이 6월 25일이라고. 나 좀 괜찮아 보이나?"

"네, 아주 멋져 보여요. 그런데 정말 무슨 일 있으세요?"

"오늘 어린이집에서 6살 아이들에게 6·25 전쟁 이야기를 해 주기로 했어. 많은 노인 중에서 일일 역사 선생님으로 내가 뽑혔지 뭐야. 아이들이 잘 이해하도록 쉽게 알려주어야 할 텐데 이거 은근히 긴장되는구먼."

우리 시니어 타운 안에는 어린이집이 있어서 종종 할머니, 할아버지가 전래동화를 들려주거나 한국의 고유 과자인 다식을 만들어 보는 것과 같은 다양한 세대 간 교류 프로그램을 만들어 진행하고 있다. 특히, 매년 아이들에게 역사 이야기를 들려줄 할머니, 할아버지를 섭외하곤 하는데, 올해는 김영식 할아버지에게 연이 닿았던 모양이다. 15분 남짓한 짧은 강의를 준비하기 위해 할아버지는 몇 날 며칠 동안 많은 에너지를 쏟아부었다. 아이들이 어렵지 않게 이해할 만한 쉬운 단어와 문장을 선택하는 데 집중했고, 며칠을 이야기해도 끝나지 않을 것 같은 이야기를 15분 안에 담아내려고 노력했다. 거울을 보며 말투와 표정 연습도 열심히 하셨단다. 그리고 오랫동안 입지 않았던 제일 좋은 양복을 꺼내 깨끗하게 준비해 놓았는데, 바로 그 양복을 꺼내 입었던 것이다.

무미건조한 일상을 보내던 할아버지에게서 오랜만에 활

력이 느껴진다. 기분 좋은 긴장감을 가득 안고 스무 명 남
짓한 아이들 앞에 선 할아버지의 모습은 벌써 20대의 군인
이 되어 있다. 생생한 표정과 설명에서 나오는 실감 나는
이야기에 아이들은 가장 좋아하는 만화영화를 보는 것 같
이 빨려 들어간다. 귀를 막기도 하고, 손으로 얼굴을 가리
기도 하고, 꺅! 하고 비명을 지르는 아이들의 모습에 할아
버지의 목소리는 점점 커진다. 참혹했던 전쟁 이야기가 아
이들에게 재미있는 옛이야기가 될 수 있다는 것이 아이러
니하면서도 옆에서 보는 나 역시 할아버지의 이야기에 혼
이 빨려 들어간다. 강의를 마친 후, 천진난만한 아이들의
박수 소리가 끊이지 않는다.

며칠을 열심히 준비한 할아버지의 강의는 대성공이었다.
무엇보다 할아버지의 뿌듯하고도 벅찬 모습이 인상적이었
다. 아무도 기억해 주지 않던, 그렇지만 할아버지에게는 결
코 잊을 수 없는 20대를 용기 있게 펼쳐 보인 그날, 문 앞에
서만 자리하던 국가 유공자라는 이름이 새삼 반짝반짝 빛이
난다. 당신의 삶이 마땅히 기억될 만한 가치가 있다는 것,
후손들에게 자랑스레 이야기해 줄 수 있는 역사의 현장에
있었다는 자부심이 할아버지의 이름에 생명을 불어넣어 준
것 같다.

어린이집에서 좋은 평가를 받은 할아버지는 벌써 내년을 기다린다. 이번에는 어떤 이야기를 들려줄지, 아이들은 또 어떤 추억을 우리에게 안겨 줄지 벌써 기다려지는 6월 25일 이다.

누구에게든 살면서 잊히지 않는 장면이 하나씩 있기 마련이다. 아픈 기억일수록 더 깊게 새겨질 것이다. 그 기억이 개인만의 것이 아니라 우리의 역사라면, 모두가 되새기고 기억해야 한다. 전쟁의 아픈 기억을 발 받침 삼아 현재의 우리가 살고 있다는 것을 느꼈던 오늘, 나 역시 할아버지와 같이 벌써 내년 6월 25일을 기다린다.

흥정 없는
떡 장사

"떡 사세요! 맛있는 인절미, 절편, 그리고 송편이 있습
니다!"
"아이고, 이게 웬 난리야. 줄 서세요, 줄!"
"형님, 떡 좀 잡숴 봐! 얼마나 맛있는지 몰라."
"여기, 여기! 떡이 없어, 더 팔아야 하는데!"

정다운 말의 잔치가 펼쳐지는 이곳은 우리 동네 떡 가게
다. 일 년에 딱 두 번만 문을 여는 이 가게를 사람들은 오매
불망 기다리고, 문을 열기가 무섭게 떡은 모두 팔린다. 이곳
의 떡은 종류를 불문하고 한 팩에 만 원씩 판매되고 있는데,
떡 장사를 마감하고 팔린 금액을 정산할 때마다 이상하게도
숫자가 잘 맞지 않는다. 늘 몇십만 원씩 돈이 남으니, 분명
떡 가격보다 돈을 더 내고 간 사람이 많을 터다. 정신없이

돈이 오가기도 하고, 파는 사람, 사는 사람 모두 어르신이다 보니 나도 모르는 사이 돈을 더 내거나 더 받았을 수도 있지만, 대부분은 떡값에 웃돈을 얹어서 계산하기 때문에 우리는 항상 떡값보다 많은 금액을 벌곤 한다. 사실 명절에는 특별히 떡국, 갈비, 잡채, 전, 떡 등 명절 음식으로 구성한 뷔페가 제공되어서 어르신들은 간식으로 드실 약간의 떡을 사는 것 외에는 굳이 떡을 많이 살 필요가 없다. 그래도 찾아오는 가족들, 매일 얼굴을 맞대고 사는 이웃들과 직원들에게 뭐라도 하나 주고 싶은 마음에 어르신들은 그렇게 떡을 많이 사 간다.

"여기서 떡을 사다 보면 옛날 생각이 많이 나. 옛날에 명절이 되면 남대문 시장에 나가서 과일도 사고, 생선도 사고, 떡도 사고 그랬어."
"그때는 명절이나 제사 지내는 게 그렇게 힘에 부쳤는데 이제는 다 옛 추억이지 뭐야. 지금이 더 살기에 나아졌다고 해도 그때가 참 좋았고, 그리워."

어르신들은 떡을 사면서 옛 추억도 함께 사 간다. 넉넉지 않았던 살림이었지만 사람 간에 오가는 정은 어느 때보다 따뜻

했던 그 시절이 떠오르는 떡 시장을 어르신들은 참 좋아한다.

이곳에 떡 시장이 들어오기 시작한 건, 13년 전이다. 당시 우리는 건강하고 즐거운 노후에서 더 나아가 품격 있는 노후를 고민할 때였다. 의미 있고 가치 있는 노후의 삶에 관해 고민했고, 어르신들과도 많은 의견을 나누었다. 어르신들은 70, 80의 나이까지 무탈하게 살아온 것에 감사함을 느끼고 있었다. 살아보니 그저 가족들 모두 건강하고, 각자의 역할을 하며 별일 없이 사는 것이 가장 큰 축복이라는 걸 느꼈다고 했다. 어르신들은 각자 마음에 품은 신에게 감사했고, 종교가 없는 어르신들은 잘 돌봐준 하늘과 세상에 감사했다. 그리고 좋은 기회가 있다면 이 세상에 조금이라도 보답을 하고 싶어 했다.

많은 어르신의 뜻을 모아 우리는 2008년에 '보은회報恩會'라는 모임을 만들었다. 한 어르신이 정성스러운 마음으로 이름 붙여 준 보은회는 말 그대로 은혜를 갚자는 의미이다. 월 회비 5천 원으로 누구나 시작할 수 있는데, 13년 동안 회원 수가 꾸준히 늘어 지금은 200명이 넘는 어르신들이 마음을 보내주고 있다. 매년 여섯 명의 어르신이 보은회의 리더로 활동하며 회비 정산부터 행사 준비, 진행까지 봉사해 주시니 13년 동안 이곳에 다양한 모임이 생겼다가 사라져도 보은회만큼은 명맥을 잘 이어오고 있다.

보은회에서 진행하는 행사에 관한 관심은 늘 뜨겁다. 우리는 명절에는 떡을 팔고, 가을에는 충북 보은에서 온 대추를 판다. 여름과 겨울의 초입에는 연이 닿은 단체의 도움을 받아 옷을 팔기도 하는데, 예쁘기도 하고 질도 좋아 어르신들에게 인기 만점이다. 몇 년에 한 번 열리는 바자회는 우리 보은회의 가장 큰 행사다. 많은 어르신이 그릇, 옷, 신발, 가방, 책과 같은 오래된 물건을 기부하는데 아까워서 쓰지 못했던 새것이 대부분이다.

이렇게 모금한 금액과 매달 5천 원의 회비, 비정기적으로 받은 후원금을 모아 어린이날과 성탄절이 되면 보은회의 이름으로 아픈 아이들에게 치료비를 후원해 주고 있다. 보은회의 의미를 잘 알기 때문에 어르신들은 행사할 때마다 늘 웃돈을 내고 사 주시는 것이다. 그뿐만 아니라 예쁘게 꽃을 길러 싼 가격에 팔아 몇천 원씩 모은 돈을 보내주시는 분, 생일 기념으로 자식들이 준 용돈을 모아 보내주시는 분 등, 세상에 은혜를 갚자는 보은회의 이름이 여러 어르신 덕분에 빛이 난다.

손자 같은 아이들이 건강해지기를 바라는 마음에서 시작된 작은 정성들이 모여 13년 동안 3억5천만 원이 넘는 후원금이 모였고 80명의 아이에게 전달되었으니, 처음 생각했던 마음대로 어르신들은 세상이라는 넓은 바다에서 항로 이탈 없이 은혜의 배를 잘 몰아서 가고 있는 것 같다.

"할머니, 할아버지. 감사합니다. 제가 건강해지면 할머니, 할아버지처럼 아픈 아이들을 도와주는 훌륭한 어른이 되고 싶어요."

이번 명절에는 한 아이가 삐뚤빼뚤 손 글씨로 쓴 편지가 도착했다. 어떤 명절 선물보다 값진 선물에 어르신들의 마음 한편이 시큰하면서도 뜨뜻해진다. 다음 명절에도 흥정 없는 떡 장사는 대히트를 칠 것으로 예상한다. 많은 어르신이 여기서 파는 떡만 한 걸 못 먹어봤다고 말씀하시는 것은 남을 위한 어여쁜 마음의 고물이 첨가된, 보통의 떡은 아니기 때문이 아닐까?

어디선가 누군가에게 무슨 일이 생기면, 박 반장이 달려간다!

박선영 할머니는 누르면 나오는 자판기처럼 늘 같은 말씀을 하신다. 언제 들어도 힘이 되고, 기분 좋은 말. 그 따스한 음성이 듣고 싶어 멀리서라도 할머니가 보이면 흔쾌히 달려가 '안녕하세요?!'라고 인사를 전한다. 그러면 듣고 싶었던 말이 메아리가 되어 되돌아온다.

"감사해, 사랑해. 오늘도 행복한 하루 보내."

할머니는 독실한 기독교 신자다. 그런데 교회를 꼭 가야 한다거나, 하나님을 꼭 믿어야 한다는 이야기는 하지 않는 다. 대신 남몰래 기도한다. 한 지붕 아래에서 밥을 먹고 살면 한 식구이기 때문에 서로 챙겨주고 사랑해 주어야 한다며 허리가 아픈 이웃, 기침을 많이 하는 이웃, 아픈 배우자를 돌보고 있는 이웃을 위해 열심히 기도한다.

"요즘에 보니깐 저이가 엘리베이터에서 기침을 많이 하더라. 기침은 숨길 수가 없잖아. 애써 숨기며 기침을 막으려고 하는 모습이 안타까웠어. 저이 이름이 뭐지? 윤 뭐였던 것 같은데."
"윤숙희 어머님이요?"
"응, 그래그래. 윤숙희….''

할머니는 작은 수첩에 이름을 받아 적는다. 그 이름을 보며 할머니는 윤숙희 할머니의 기침을 멎게 해 달라고 매일 기도할 것이다.

때로 할머니는 직접 행동하기도 한다. 전에는 그러지 않았는데 어느 날 보니 어깨가 굽어진 이웃을 보고 할머니는 그냥 지나치지 않는다.

"언니, 잠깐만! 이러지 않았는데, 왜 이렇게 어깨가 굽었어? 이러면 안 되는데…. 언니 이렇게 펴 봐."

그러고는 작은 두 손을 올려 말려 있는 어깨를 펴 준다.

평소와는 다르게 밥을 조금 먹는 사람, 어제는 분명히 수영장에서 보았는데 오늘 아침에 보지 못한 사람, 오랫동안 입원했다가 퇴원한 사람 등 어딘가 불편해 보이는 사람들에게 할머니는 꼭 따뜻한 말 한마디를 전한다.

그런 할머니를 이웃 주민들과 우리는 박 반장이라고 부른다. 매일 새벽 네 시 반에 하루를 시작하는 할머니에게는 눈에 보이는 모든 것이 관심과 사랑의 대상이다. 할머니는 어제와 다름없는 작은 풀잎에도 '어머나, 너 오늘 더 예뻐졌다'라고 이야기하는 사람이다. 사랑을 주는 삶을 살아왔다는 것이 말하지 않아도 느껴진다.

사실 굽은 어깨를 들키고 싶지 않을 수 있고 '내 삶에 뭔 상관이람'이라고 하며 할머니가 전하는 말을 고깝게 받아들일 수도 있지만, 이웃들이 할머니의 말과 행동을 순수하게 받아들이는 건 진심이 담겨 있기 때문일 것이다.

할머니는 특히 이곳에 처음 발을 들인 사람들에게는 구세주나 다름없는 사람이다. 새로운 환경에 적응하는 것은 어르신들에게는 도전이고, 때로는 스트레스가 되기도 하는데 할머니는 새로운 이웃을 볼 때마다 용기와 응원의 말을 건네는 것은 물론이고, 상대방의 이야기를 세심하게 들은 후, 필요한 것들을 연결해 주는 만능 해결사의 역할까지 자처한다.

무엇보다도 할머니는 입이 무겁다. 어르신들 사이에서는 묻지도 따지지도 않는 '카더라 통신'유언비어이 있어서 간혹 목덜미를 잡게 하는 말도 안 되는 이야기로 귀결되는 일이 비일비재한데, 할머니의 귀로 들어간 이야기들은 절대 입으로 나오지 않는다. 오히려 카더라 통신을 통해 누군가의 이야기를 들으면, 할머니는 상대방이 누구이건 크게 나무란다.

"그런 소리 하지 마요. 직접 보고 들은 것도 아니잖아
요? 누군가 당신을 잘 알지도 못하면서 왈가왈부하면
기분 좋겠어요?"

무릇 손뼉도 맞아야 소리가 나듯이 맞장구쳐 주기를 기대한 상대방은 이내 민망한 얼굴로 돌아서기 일쑤다. 할머니는 호탕하면서도 선을 지킬 줄 알고, 누구를 대하든 상대방을 향한 존중과 진심이 몸에 배어있다.

이제 이곳에서 생활한 지 일주일 차가 된 한 어르신이 소문을 듣고 나에게 묻는다.

"여기 박 반장이라고 있다는데, 그이가 누구여?"

위대한 유산

멀리서 손창근 할아버지의 모습이 보인다. 키도 크고 멋지게 생긴 할아버지의 모습이 말끔한 양복을 차려입으니 더 빛나 보인다. 1층에는 할아버지를 모시러 온 서너 명의 사람들이 서 있다. 그들도 할아버지만큼이나 예를 갖추어 입었다. 할아버지의 모습이 보이자 조심스럽게 다가가 정중하게 인사를 올린다. 그들은 할아버지를 배웅하기 위해 나온 할머니와 보기 드문 광경을 구경하기 위해 나온 우리에게도 정중히 인사한다. 그러고는 타고 온 세 대의 차 중 가운데 차에 할아버지를 모신다. 앞뒤로 두 대의 차가 경호하는 모양새다. 이웃들의 존경 어린 눈길과 자랑스러움이 가득 담긴 박수를 받으며 할아버지는 청와대로 떠났다. 할아버지는 문화 예술 발전에 기여한 공로로 금관문화훈장을 수여받았으며, 청와대에 초청받았다. 금관문화훈장이 만들어지고 나서 이 상을 받은 사람은 할아버지가 처음이었다.

손창근 할아버지는 종종 TV나 신문에 나오는 분이다. 친근하게 인사를 나누고, 가끔은 친구같이 농담도 주고받는 할아버지이기에 언론에 비치는 할아버지를 만나는 것은 신기하고도 낯설다. 할아버지는 소위 요즘 말로, 넘사벽 매우 뛰어남을 이르는 말 이다.

거액의 기부금을 과학 기술의 발전에 써 달라며 연고가 없는 카이스트에 기부했고, 오래전부터 나무를 심고 정성을 들여 관리해 오던 천억 원 상당의 임야를 산림청에 기부했다. 그리고 선대부터 자비를 들여 수집해 온 역사적으로 의미 있는 유물을 아무 조건 없이 국립중앙박물관에 기증했다. 그것들은 어딘가에 빼앗겼던 소중한 우리의 유산이기에 감히 돈으로 환산할 수 없고, 가치를 매길 수조차 없는 것들이었다.

기부의 규모를 떠나 나눔의 삶을 실천하고, 91세의 나이에도 신문과 경제지를 꼼꼼히 읽으면서 사회를 공부하며, 누구라도 항상 예의 바르고 다정하게 대하는 모습은 다른 동년배 어르신들도 할아버지를 존경하게 한다. 그리고 무엇보다 할아버지가 나눔을 실천하는 데 있어 긍정적이고 무한한 지지를 보내는 가족들의 모습은 할아버지가 만들어 온 인생길이 그동안 수집해 왔던 오래된 유물들처럼 가치를 매길 수 없을 정도의 위대한 의미가 있다는 것을 느끼게 해 준다.

며칠 전, 91세를 맞이한 생일에 할아버지는 마지막으로 소장하고 있었던 유물 한 점을 국립중앙박물관에 기증했다. 추사 김정희의 〈세한도〉였다. 그동안 300점이 훌쩍 넘는 유물을 기증했어도 〈세한도〉만큼은 기탁 형태를 유지했었다. 제주도 유배지에서 변치 않는 벗의 우정에 대한 가슴 시린 고마움을 꾹꾹 눌러 담은 소중한 그림이고, 주인을 잃고 여러 해 동안 떠돌아다니던 그림을 어렵게 품으로 거두어들인 애정이 있었기에 할아버지는 마지막까지 〈세한도〉를 곁에 두고 싶으셨을 것이다. 언젠가는 〈세한도〉도 국가에 내어 드리겠다고 늘 말해 왔지만, 그 결심이 서기까지는 생각의 정리와 마음의 준비가 필요했을 터였다. 더 나이가 들기 전에 〈세한도〉를 기증하는 것이 좋겠다는 배우자의 권유가 오랜 기간의 고뇌를 마칠 수 있는 계기가 되었다고 한다. 대가 없이 그저 내어 줄 수 있는 마음이 나는 궁금했다.

"어머니! 이제 마지막 남은 〈세한도〉도 기증하셨네요. 미술품도 그렇고, 어머니, 아버님이 가진 것들을 많이 나누셨잖아요. 자녀들이 서운해하지는 않아요?"
"다들 자립해서 살 수 있도록 공부시켜 주었고, 지금까

지 알아서 잘들 살고 있으니 그걸로 된 거지 뭐. 그리고
아이들이 고맙게도 아버지, 어머니의 것이니 두 분의
뜻대로 하시는 게 맞는 것이라며 기부하는 일에 늘 동
의해 주고, 잘하셨다고 이야기해 줬어. 그런 마음이 참
고맙지."

할아버지가 청와대에 가고 나서 얼마 되지 않아 많은 기사
가 쏟아져 나왔다. 몸이 아픈 할머니 대신 할아버지와 함께
청와대에 간 아들 내외가 든든하게 할아버지의 곁을 지켰다.
그리고 얼마 되지 않아 아침에 보았던 세 대의 차량이 나란
히 문 앞으로 들어와 섰다. 끝까지 예를 갖추며 할아버지를
경호한 청와대 직원들의 마지막 인사와 이웃들의 환대를 받
으며 들어오는 할아버지의 손에는 금관문화훈장과 영부인이
선물한 것으로 보이는 보자기가 들려 있었다. 애지중지하던
〈세한도〉를 국가에 기증하고 나서 할아버지는 어떤 기분이
들었을까 싶어, 나는 할아버지에게 물었다.

"아버님, 정말 자랑스러워요. 그런데 〈세한도〉까지 보
내고 나니 아쉽지는 않으세요?"
"처음부터 우리 것도 아니었는데 뭐. 떠나보내려니 아

쉽고 섭섭한 마음은 들어도 세상 사람들과 이 귀한 작
품을 같이 본다고 생각하니 기분이 좋네!"

처음부터 내 것이 아니었다는 그 마음이 할아버지가 가지
고 있었던 많은 것을 내려놓을 수 있게 된 시작이 아니었을
까 싶다. 끝이 없는 욕심으로 가득 찬 세상에서 깨끗한 여백
이 있는 할아버지의 마음가짐이 많은 이에게 큰 울림을 전하
는 것 같다.

국립중앙박물관에 길이길이 남겨질 대한민국 국보 〈세한
도〉를 보며, 나는 많은 이가 손창근 할아버지의 정신을 기억
하길 바란다. 노블레스 오블리주를 실천한 손창근 할아버지
의 위대한 유산이 그곳에 담겨 있음을. 앞으로 몇백 년, 몇천
년 동안 할아버지의 마음이 〈세한도〉와 함께 빛날 생각을
하니, 그와 함께 잠시나마 시간을 보냈었다는 사실이 새삼
자랑스레 느껴진다.

국가의 의미

2011년이었다. 국민이 뽑은 나눔과 봉사의 주인공으로 국민 훈장목련장을 받은 조천식 할아버지는 축하 인사를 건네는 우리에게 멋쩍어하며 말씀하셨다. 24명의 수상자가 있었는데 다들 어려운 환경에서 큰 나눔을 실천하며 사는 사람들이라고 했다. 그런데 본인은 어려운 과정에서 기부한 것이 아니라 미안한 마음이 들었다며 머쓱한 표정을 지으셨다. 상을 받는 할아버지의 모습보다도 미안한 마음을 표현하며 지었던 할아버지의 표정은 10년이 지난 지금까지도 우리의 기억 속에 진하게 남아 있다.

할아버지는 과학 기술의 발전과 인재 양성에 써 달라며 대전에 있는 카이스트에 155억 원 상당의 부동산을, 서울대학교에는 도서관 환경 개선에 50억 원을, 천주교 대전교구에는 20억 원을 기부한 그야말로 통 큰 기부자였다. 매번 놀라운 규모의 거액을 기부하면서도 할아버지는 침착했고 담담했으

110

며, 겸손했다. 뉴스에 뜬 기사가 아니었다면 아무도 할아버지가 기부한 것을 몰랐을 것이다.

조천식 할아버지처럼 이곳에는 통 큰 기부를 하는 여러 어르신이 살고 계신다. 감히 상상할 수도 없는 거액인 수백억 원을 기부한 곳은 역시 대부분 카이스트였다.

유독 카이스트에 많이 기부했던 이유는 국가의 미래를 위하는 순수한 마음에서였다. 그들에게 국가는 얼마나 큰 의미이며, 그들의 마음속에 담긴 애국심은 얼마나 커다란 것일까? 도대체 어떻게 정직하고 성실하게 평생 모은 전 재산을 국가 발전을 위해 쾌척할 수 있는지 짐작조차 할 수 없었다.

어르신들은 거친 역사의 파도에 몸을 실었던 세대였다. 일제 강점기 시대와 8·15 광복, 6·25 전쟁, 민주화, 산업화 등 정치, 경제적으로 격동의 시대를 살아왔다. 누구도 그 시대에 태어나는 걸 원치 않았을 것이다. 그런데도 운명처럼 다가온 시대의 숙제를 잘 풀어가면서 그들은 살아남았다.

개인의 힘보다 집단의 힘이 주는 파급력을 알기에 국가라는 존재는 언제나 절박했을 것이다. 국가는 젊은 시절 그들에게 파괴된 세상에서 살아남을 희망, 피폐함 속의 한 줄기 빛이었을 테다. 마음껏 생각하고 행동할 수 있는 자유에 대한 갈망으로, 그들은 자유롭고 정의로운 대한민국을 꿈꾸었을 것이다.

　요동치는 세상에서도 그들은 놀라운 집념과 책임감으로 한강의 기적이라 불리는 지금의 대한민국을 만들어 냈다. 그 과정에서 결코 부정할 수 없는 사회의 부작용이 발생한 것도 사실이지만, 시대마다 해결해야 하는 중요한 숙제가 있듯 그 것은 지금의 세대가 풀어가야 할 하나의 숙제이리라. 열정이라 불리는 희생을 자처하면서도 묵묵히 걸어왔던 건 내 아이뿐만 아니라 미래 세대에 희망이 있는 나라를 선물해 주고자 했던 소중한 마음이 있었기 때문일 것이다. 그런 마음으로 평생을 살아왔기에 과학 기술 발전을 위한 거액의 기부도 그 들에게는 언젠가 끝마쳐야 할 마지막 삶의 과제로 여겼으리라는 생각이 든다.

　파란 하늘빛이 영롱했던 어느 가을날, 카이스트의 직원들이 이곳을 방문했다. 조천식 할아버지의 네 번째 기일이었다. 매년 그러했던 것처럼 단정하게 차려입은 할머니를 모시고 그들은 할아버지의 산소에 다녀왔다. 할아버지의 이름을 붙인 녹색교통대학원에서 수준 높은 인재들이 연구에 몰두하고 있다는 소식은 돌아가신 할아버지에게 드리는 큰 보답이었다. 할아버지의 뜻을 잘 펼치고 있는 모습을 보며, 할아버지를 비롯한 여러 사람이 미래를 위해 뿌린 씨앗이 어떻게 성장할지 많이 기대된다. 그러한 성장이 우리나라를 또 어떠한 반열에 올려놓을지 궁금해진다.

동시에 특별한 날에만 살짝 스치고 지나가는 애국심에 대해서도 사뭇 진지하게 생각해 보게 된다. 그들이 사랑했던 나라를, 그들이 일으켜 세우고자 했던 나라를 우리는 잘 지키고 있는지. 당연한 것들이 당연하지 않았던 시절의 아픔을 재현할 필요는 없지만, 적어도 그 시대의 정신과 희생만큼은 소중한 유산으로 간직하며, 그들이 남겨 준 유산으로 새로운 시대를 펼쳐나가야 할 최소한의 책임 의식은 가지며 살아야 하지 않을까 생각해 보게 된다.

인형이 건네는 인사

한동안 온 신경과 마음을 뺏는 그런 것들이 있다. 무심코 봤던 영화의 한 장면이 그렇고, 어떤 대상을 형상화한 이름 모를 작가의 예술 작품이 그렇고, 문영순 할머니의 손뜨개 인형이 그렇다. '인형의 탄생'이라 이름 지어진 할머니의 첫 작품은 검지만 한 크기의 눈사람 모형에 빨간 머리, 노란색 베레모를 씌운 작은 소녀의 모습을 한 인형이다. 다소 어설프지만, 고요하고 조용했던 할머니의 일상에 기분 좋은 시작이 기다리고 있음을 알려주는 반가운 편지 같았다.

20년 전, 할머니는 몸이 아픈 배우자와 함께 이곳에 오셨다. 이곳에 오기로 결정했던 건 조금이라도 좋은 환경에서 배우자를 돌보고 싶은 마음 때문이었고, 그 마음은 할머니를 부지런히 움직이게 했다. 어쩌면 저 작은 체구에서 저런 힘이 나올까 싶을 정도로 배우자와 함께 다양한 활동에 적극적으로 참여하며 하루를 알차게 보내는 할머니는 누구나 인정하는 슈퍼우먼임이 틀림없었다. 경험해 본 사람은 알 것이다. 나이가 들어 아픈 배우자를 돌본다는 것의 의미를. 그것은 자라나는 아이를 돌보는 것과는 다른 차원의 돌봄이다. 끝이 보이는 터널과 끝이 보이지 않는 터널을 걸어간다는 건 전혀 다른 의미의 희생이다.

할머니는 기꺼이 끝이 보이지 않는 터널을 걸어가기로 자처했고, 이왕이면 즐겁게 가보자고 다짐한 사람 같았다. 휠체어를 미는 것도 여간 힘든 일이 아니었지만, 몸이 불편한 배우자와 함께 크고 작은 여행도 다닐 정도였으니 11년간의 병간호 생활을 할머니는 어쩔 수 없이 견딘 것이 아니라 행복한 추억을 만들기 위한 시간으로 여겼던 것 같다.

모든 순간을 배우자와 함께하던 어느 날, 무심코 참여했던 미술 치료 교실에서 할머니는 평생 함께할 새로운 친구를 만났다. 당신의 손에서 태어난 손가락만 한 인형이 '안녕?'이라고 말을 걸어오는 순간 인형과의 오랜 동행이 시작되었다. 몇 번씩 풀고 뜨는 과정을 거쳐 만들어지는 인형 만들기이기에 함께 참여했던 여러 사람이 중간에 그만두기도 부지기수였지만, 할머니는 그 과정이 좋았다고 한다. 그것에 몰두하는 순간 자유로움을 느꼈다고도 했다.

일생에 기억하고 싶던 수많은 시간을 할머니는 손끝에서

만들어냈다. 말간 얼굴의 새색시와 새신랑으로 만나 결혼식을 올렸던 부부의 모습, 11년 동안의 간병 생활 중 잠시나마 혼자 떠날 수 있었던 러시아 여행에서 웃음을 되찾아 주었던 서커스의 어릿광대, 한없이 그리운 어머니의 고왔던 시절, 간병의 고단함을 잊게 해 주었던 드라마 속 주인공 장금이, 이루지 못할 꿈을 이뤄나가는 모습으로 마음의 불꽃을 살리게 했던 2002 월드컵의 박지성까지.

할머니의 추억과 그 시절의 느낌이 고스란히 담긴 할머니의 인형은 11년째 되는 해에 처음 할머니에게 그랬던 것처럼 많은 사람에게 '안녕?'이라는 인사를 건넸다. 할머니의 인형 전시회가 열리던 날, 정교하게 뜨여진 할머니의 솜씨에 감탄하면서도 이 인형들을 만들며 보낸 11년간의 세월이 고스란히 느껴져서 감히 누구도 가볍게 말할 수가 없었다. 연녹색의 원피스를 입고 구부정하게 앉아 뜨개질하는 할머니 자신을 뜬 인형에서, 그저 '고맙다, 사랑한다'라고 이야기하는 할머니의 모습이 보였다. 그 이야기는 평생을 함께한 남편에 대한 사랑이었고, 하나뿐인 딸에 대한 애정이었으며, 긴 시간을 그저 묵묵히 함께 보내준 인형 친구에 대한 고마움이었다.

할머니의 마음과 세월과 정성과 사랑이 들어간 인형은 군이 설명하지 않아도 보는 사람으로 하여금 따뜻한 위로를 받게 한다. '다 괜찮아, 다 잘 될 거야'라고 모든 걸 품어주는 것 같다. 전시회를 위해 만들었던 도록에서 할머니는 인형과 함께해 온 삶을 되돌아본다.

「같은 재료와 같은 손으로 만든 인형들의 표정이 나의 심성에 따라 제각기 다른 것이 신기합니다. 인형이 나에게 주는 눈짓은 기쁨으로도 슬픔으로도 다가옵니다. 세월에 따라 인형은 나의 삶을 흐림에서 '오늘도 맑음'이 되게 해줍니다. 인형을 만나는 나의 공간은 한정되어 있으나 인형과 나는 우리가 꿈꾸는 세상 이곳저곳으로 여행을 떠납니다.

예순세 살에 시작한 나의 인형은 이제 일흔네 살에 세상에 나옵니다. 불편함 속에서 나와 늘 함께하여준 사랑하는 그이, 그이가 있으므로 인해 성실히 또 기쁘게 나의 노후를 다듬어 주신 하나님께 감사합니다. 인형은 혼자의 힘듦으로 만들어지지 않았습니다.」

그 후로 8년의 세월이 더 흘렀다. 이제는 힘이 들어 큰 인형은 만들지 못하지만, 여전히 할머니는 작은 소품들을 직접 만들고 늘 실과 바늘을 들고 계신다. 그리고 오래전 만들었던, 변함없는 인형들은 이곳 로비에 전시되어 오가는 사람들에게 '안녕?'이라는 인사를 건넨다.

코로나-19로 아무것도 하지 못하는 지금의 우리에게 '다 괜찮아, 다 잘 될 거야'라고 따뜻한 위로를 건네는 인형을 보며, 나도 '그래, 다 잘 될 거야'라고 나지막이 인사를 건네본다.

제3부

열정을
채우는
사람들

시간도 보내는 방법이 있더라고요.

놀아본 사람이 놀 줄 안다고 하잖아요. 주변에 보면 딱히 사람들과 어울리지 않아도 자기만의 방식으로 시간을 보내는 사람이 많아요. 어떤 할아버지는 소설을 쓴다고 하고, 어떤 할머니는 봉사 단체에 보낼 신생아 모자를 뜨기도 해요. 어떤 할머니는 외출할 때마다 매니큐어를 사 놓고 매일 기분에 따라 달리 바르기도 하는데, 그것도 그 할머니만의 시간 보내는 방법이더라고요. 어떻게 시간을 보내는지 아는 사람들에게 하루는 그냥 흘러가는 하루가 아니라, 즐겁게 흘러가는 하루인 것 같아요.

- 70세, 한정순

"

만약에, 100살이 되었을 때 말이에요.

75살 때 그걸 했더라면, 이라는 생각이 든다면 얼마나 아쉬울까요.

노후의 경제생활에 도움이 되지 않거나 건강에 좋지 않은 영

향을 미치는 일이 아니라면 어떤 것이라도 지금 시작하세요.

늦었을 때가 가장 빠르다는 말은 진실인 것 같습니다.

내가 계획했던 것보다 오래 살면 어떻게 해요?

지금처럼 그냥저냥 살기에는 인생이 너무 심심하지 않을까요?

"

평생 처음 해 보는 일

"평생 처음 해 보는 일인데, 내가 이렇게 잘할 줄 몰랐
네! 나 농사짓는 데에 소질이 있나 봐! 오늘은 무를 뽑
아서 오랜만에 동치미를 담가 봐야지! 어디, 복지사도
무 하나 뽑아 줄까?"

무 하나, 배추 하나에도 많은 이야기가 오간다. 무의 색깔
과 모양, 크기에 대해서 신나게 말씀하시는 어르신들을 보
고 있노라면, '아, 무 하나로도 이렇게 많은 이야기가 오갈
수 있구나'라는 다소 신선한 놀람과 함께 자연으로부터 얻은
활기찬 에너지가 나에게까지 느껴지곤 한다. 우리 시니어
타운의 게시판에는 매년 봄과 가을이 되면, "봄날 농장의 농
부를 모집합니다!"라는 게시물이 붙는다. 60대부터 90대까
지 많은 어르신이 한 고랑의 텃밭을 신청하는데, 텃밭에 대
한 애정과 관심이 정말 대단하시다. 어떤 모종을 심을 것인

지, 얼마나 심을 것인지, 어떻게 심을 것인지를 심각하게 고민하는 모습, 때맞춰 싱싱한 채소를 수확하여 밥상에서 자연의 먹거리를 즐기는 모습을 본다. 무엇보다 이번에도 농사를 잘 지어냈다는 성취와 작은 텃밭이 주는 행복에 중독되어 한 번 농장을 시작한 어르신들은 매년 행복의 텃밭을 늘려가기도 한다.

이혜란 할머니는 올해 처음으로 농사를 짓는다. 한 번도 해 보지 않은 일에 할머니의 마음은 걱정보다는 기대와 설렘으로 가득 차 있다. 안 해서 그렇지 무엇이든 하면 잘한다며 늘 자신감이 넘치는 할머니다운 모습이다. 한 고랑은 너무 부담스러워 반 고랑만 할 수 있겠느냐고 물어보는 모습도 역시 남다르다. 그동안 반 고랑만 농사를 짓고 싶다고 하셨던 분은 없었다. 한 고랑을 그대로 맡거나, 아니면 한 고랑은 너무 부담스럽다면서 포기하는 경우가 많았기 때문이다.

마침 한 고랑이 부담스러워 포기할까 말까, 갈림길에 선 어르신 한 분이 계셔서 우리는 그분과 이혜란 할머니가 각각 반 고랑씩 농사를 지을 수 있도록 했다.

호탕한 웃음으로 '걔네들이 말이지, 아주 예쁘게 달렸더라고. 얼마나 아이 같은지 아주 예뻐 죽겠어'라고 말하는 할머니의 이야기를 듣고 있으면, 그 모습이 너무 실감 나서 마치

눈앞에 예쁘게 열린 방울토마토를 보고 있는 느낌이다. '파 필요한 사람, 무 필요한 사람, 상추 필요한 사람 손 들어!'라는 말에 손을 번쩍 들면 다음 날 싱그러운 파와 무와 상추를 가져다주시는 할머니는 역시 무엇이든 잘하는 팔방미인임이 틀림없다.

직원들도 고랑을 신청할 수 있어서 나 역시 농사일을 한 번 해 본 적이 있는데, 웬만한 부지런함이 없으면 할 수 있는 일이 아니라는 걸 깨닫고는 다시는 신청하지 않는다. 밭을 갈고, 모종을 심고, 물을 때때로 주고, 잡초를 뽑아 주고, 방울토마토나 오이, 가지에는 잘 크라고 지지대를 대어 주어야 한다. 키우는 것만으로 끝이 아니다. 제때 잘 따는 것도 중요한데, 특히 많이 자란 상추는 얼른 따야 한다. 이후에는 다음 농사를 위해 다시 밭을 정리하는 일도 해야 한다. 정성과 관심과 사랑이 아니면 하기 힘든 일이라는 걸 직접 해 보면서 느꼈다. 나의 무관심 속에 바짝바짝 말라갔던 채소들을 생각하면 지금 생각해도 미안한 마음이 든다.

이혜란 할머니처럼 이곳에는 난생처음으로 농사일을 해 보는 분이 많이 계신다. 며칠 전에는 조성식 할아버지가 고랑을 신청하셨다. 비교적 건강한 구십 대이지만, 늘 낙상이 염려되는 분이다. 농장에 가서 할아버지에게 고랑을 보여주는 내내 나는 불안했다. 아주 낮은 내리막길을 걸어오는 할아버지의 모습에 괜히 저기서 미끄러지면 어떻게 하지, 혹여나 돌에 걸려 넘어지면 어떻게 하지, 노심초사하게 된다. 햇볕이 쨍할 때는 농장에 나와 일하다 보면 머리가 핑 돌 때가 있는데, 혹시나 할아버지가 쓰러지면 어떻게 하지, 등등 온갖 생각이 머리를 스친다. 염려로 하는 이야기에 할아버지는 조심해서 잘하겠다며 사람 좋은 웃음을 짓는다.

　"허허허. 이 고랑으로 할게요. 이거 기대가 많이 되는구
　면."

　구십 대의 어르신에게 우리는 무엇을 기대할 수 있을까? 건강하다면 그 건강이 계속 유지되기를 바랄 것이고, 건강하지 않다면 더 나빠지지 않기를 바랄 것이다. 무언가를 심각하게 고민하지 않기를 바랄 것이고, 새로운 도전을 걱정스러운 마음으로 지켜보며 응원하기보다는 금방 포기하기를 바랄지도, '90대에도 어떤 성취감을 느낄 수 있을까?'라고 생각할지도 모르겠다.
　매일매일 거르지 않고 농장으로 향하고 아기 다루듯 채소들의 상태를 살피며, 때로는 심은 모종을 공부하는 또 다른

조성식 할아버지들을 보면서 느낀다. 구십의 어르신이 농장에서 일할 수 있는 것은 젊은 시절부터 부지런히 몸을 움직이고 스스로 관리한 덕분이고, 젊은 시절 길들여 온 오래된 습관이 주는 상이라는 걸. 그런 모습에 우리는 걱정보다는 칭찬과 격려와 응원을 아끼지 말아야 한다는 걸.

나이가 들수록 누군가의 도움을 받아야 하는 분명한 시기가 오지만, 혼자 할 수 있는 체력과 기운이 있는 한 끊임없이 자신이 할 수 있는 영역을 찾고, 그것을 해 나가는 노년의 모습이 참 부지런해 보인다.

인생의 많은 지혜가 쌓인 노년의 시기는 그 어떤 시기보다도 가장 지혜롭고, 현명하게 무언가를 시작할 수 있는 시기라는 걸 깨닫는다. 노년기에 있는 많은 어르신이 평생 처음 해 보는 일에 많이 도전하기를 바라며, 그들의 시간을 무한히 응원해 본다.

그에겐 무언가
특별한 것이 있다

영롱한 눈, 맑은 피부, 보는 사람도 기분 좋게 만드는 환한 미소, 수준 높은 유머. 말간 청춘을 생각나게 하는 이분, 최운곡 할아버지에게는 특별한 무언가가 있다.

"참 건강하시네요!"
"어쩜 그렇게 관리를 잘하셨어요?"
"특별히 뭐 드시는 게 있으세요?"

94세의 할아버지가 처음 보는 사람들에게 듣는 3종 질문 세트다. 모두가 느낄 정도로 할아버지는 누구나 부러워할 만한 이상적인 90대의 모습을 보여주고 계신다. 특별히 운동하는 것도, 특별히 관리받는 것도, 특별히 챙겨서 드시는 것도 없다. 할아버지는 그저 좋아하는 것을 할 뿐이다.

할아버지가 사는 집의 작은 방은 책으로 가득하다. 나이만큼 오래된 탁자에 앉아 글을 읽고, 생각나는 것을 독특하게 글로 적어 표현하는 것이 할아버지의 오래된 취미다. 할아버지의 글은 늘 의미를 생각하게 하는 묘한 궁금증을 유발하고, 어려운 수수께끼를 풀어야만 만날 수 있는 정답 같다. 예를 들면, 다이아몬드 도형 안에 100글자만 들어갈 수 있도록 시를 쓴다거나 일반적이고 재미있는 단어를 활용하여 꽤 깊이가 있는 오행시 또는 삼행시를 짓는 등의 방법이다. 그림 하나에도 다양한 해석이 가능한 추상화처럼 할아버지의 글은 추상적이다. 그래서 생각하고 풀어내는 재미가 있다. 할아버지는 이런 형식의 글쓰기를 꾸준히 이어가고 있다. 매달 발간되는 이곳의 월간지에 늘 할아버지의 글이 빠지지 않는 건 할아버지가 그만큼 열심히 글을 쓰고 있다는 증거다. 월간지에 글이 실리면 할아버지는 자신의 글을 설명이나 해석해 주려고 많은 시간을 쏟는데, 글에 대한 사람들의 관심이 큰 기쁨이자 글쓰기를 지속하게 하는 원동력인 것 같다.

할아버지가 쓰는 글의 주제 대부분은 여행과 관련이 있다. 할아버지는 종종 혼자 대중교통을 이용해 가까운 온천에 다녀오기도 하고, 지인들에게서 들은 맛집에 다녀오곤 한다. 어떻게 만난 인연인지는 모르지만, 몇십 년 어린 젊은 사람들과 한데 어울려 유명 인사의 강의를 듣고 오기도 한다. 한 번은 고대했던 일본 여행을 가려고 여행사의 패키지 상품을 신청했는데 94세의 고령 때문에 여행사 측에서 보험을 들 수 없어 난감해한 적도 있었으니, 계절 따라 마음이 가는 여행지를 다녀오는 것은 할아버지에게 삶의 큰 낙이다. 본래 여행이라는 것이 목적지에 도착했을 때보다도 여행을 준비하는 과정에서 많은 설렘을 주듯이 할아버지도 여행을 준비하는 과정을 즐긴다. 찾아가는 길을 알아보고 방문하려는 여행지의 날씨를 찾아보는 등 다양한 여행 정보를 검색하는 일부터 제일 간소하게 떠날 방법을 찾아 짐을 꾸리며 철저하게 여행을 준비한다.

할아버지는 여행길에서 많은 인연을 만났다. 동년배의 여행자는 찾아보기 힘들어서 대부분은 아들 또는 손자뻘 정도로 나이가 한참 어린 사람들이지만, 스스럼없이 편하게 대하는 데다가 해학이 묻어 나오는 이야기를 생생하게 들려줘서 그들 역시 할아버지와 함께하는 것을 좋아한다고 한다. 여행길에서의 만남이 인연이 되어 그들과 또 다른 여행을 떠나기도 하니, 할아버지는 내가 아는 94세 중에서 가장 멋들어지게 인생을 즐기는 사람이다. 간혹 할아버지가 여행길에 오를 때마다 혹시나 하는 걱정을 실어 말을 건네면 늘 같은 말씀을 하신다.

"Why not?"

생각해보면, 할아버지는 끊임없이 이야깃거리를 만든다. 부지런히 여행을 다니는 것, 삶의 순간을 평범하지 않은 눈으로 포착하는 것, 새로운 인연을 만나 즐거움을 나누는 것이 할아버지에게는 풍성한 이야깃거리이다. 반복된 일상을 보내는 이웃들에게 할아버지가 들려주는 그 이야기들은 세상을 만나는 또 하나의 창구가 되어 주고 있다.

익숙한 환경을 벗어나 세상을 탐색하고 끊임없이 무언가를 시도하려 해서 할아버지는 언제나 바쁘고, 궁금한 게 많다. 늘 세상 밖을 향해 있는 호기심과 일단 한 발짝 떼고 보는 그 실행력이 나이를 가늠할 수 없는 건강과 젊음을 유지하는 비결 아닐까?

내 남자친구

요즘 분위기가 심상치 않다. 식당, 스포츠센터, 문화센터, 산책길 어디를 가도 다 똑같은 이야기를 하니 무언가 일이 난 것이 틀림없다. 작은 이야기도 금방 퍼지는 동네라 귀에 들어오는 것은 시간문제인데, 쉬쉬하는 분위기가 조급하게 호기심을 유발한다. 도대체 뭐 때문일까? 흥분되는 마음을 가라앉히고 기다리니, 아니나 다를까 언제나 정보 안테나의 역할을 하는 김은자 할머니가 오셔서 내게 귀띔을 해 준다.

"그거 알고 있어? 여기에 연애하는 사람 있다! 요즘 9층에 사는 할아버지랑 7층에 사는 할머니가 자주 만나더라. 둘이 사이가 심상치가 않아. 아유 망측해라. 둘이 멀찍이 떨어져 버스를 타는데, 같이 영화도 보고 마트도 가는 것 같더라고. 여기 사무실에서 좀 제재를 해야 할 것 같아. 그거 풍기 문란이잖아."

남녀가 유별한 시대를 살아온 어르신들에게는 비록 혼자가 되었더라도 이성이 서로 마음을 주고받는 것은 풍기 문란이다. 그러고 보니 조금 이상하기도 하다. 수백 명 가까운 남녀가 있다 보면 말이 잘 통하는 사람도 있을 것이고, 외모적으로도 마음이 가는 사람이 있을 만도 하련만 서로 마음이 맞아 표현하는 어르신들이 그간 없었던 것이 이상한 일이다. 나이가 들면 사랑의 감정이 사그라지는 걸까. 모든 것이 귀찮아지는 걸까. 감정이 있더라도 어르신들은 정말 남녀 간의 만남이 풍기 문란이라고 생각하는 걸까.

　이성 친구에 대한 어르신들의 의견은 다양하다. 다 늙어서 어떻게 그런 감정이 생길 수 있냐며 발끈하는 사람, 기회가 있다면 마음을 나눌 수 있는 이성 친구를 만나고 싶다고 이야기하는 사람 인생에 배우자 말고는 생각해 본 적이 없다는 사람, 인제 와서 그런 마음이 무슨 소용이 있겠느냐고 하는 사람, 이제는 남자고 여자고 다 싫다는 사람, 이성을 향한 관심보다는 더 재미난 것이 많아서 신경 쓸 새가 없다는 사람. 무엇도 정답은 없고, 각자의 인생관에 따라 지금껏 잘살아온 어르신들의 생각 모두 정답일 것이다. 다만, 나는 어르신들이 애써 마음을 숨기는 일은 없었으면 좋겠다.

　이곳에도 9층에 사는 할아버지와 7층에 사는 할머니 외에 이성 친구를 만나는 어르신들이 있다. 당연하다는 말을 쓰기가 싫지만, 당연히 이곳에 계시는 분은 아니다. 어르신들의 이성 친구는 대부분 이곳에 살지 않는 제삼의 인물이고, 주로 밖에서 데이트를 즐기다 오신다. 한 번쯤은 본인이 사는 곳을 보여주거나 초대하여 이곳의 음식을 대접해볼 만도 한데 이성 친구를 데리고 오는 일은 흔하지 않다. 아마도 많은 사람의 눈이 있고, 굳이 구설에 오르고 싶지 않기 때문일 것이다.

연애라는 형식에 반감을 느끼는 어르신들이 있고, 사람이 모이는 곳에서는 어떤 이야기가 떠돌기 시작하면 살이 붙으면서 전혀 다른 이야기가 만들어지는 일이 생기곤 하는데, 특히 이성 간의 만남은 그런 경향이 더욱 강한 것 같다. 연애라는 형식이 생소했던 어르신들의 세상에서는 이성 친구를 사귄다는 개념 자체가 이상했고, 그런 행동을 하는 사람들을 이상한 사람들로 치부했던 것 같다. 그렇다고 사별 후 긴 세월을 혼자 사셨던 두 분이 서로 생각과 가치관이 맞아 마음을 나누는 것이 무슨 큰 죄라고, 그리고 내가 뭐라고 제재를 할 수 있단 말인가. 그래도 소문의 주인공인 어르신을 만나 작금의 분위기는 알려야 할 것 같았다.

"어머니, 요즘 임우갑 할아버지와 친하게 지내시는 것 같아요. 어디든 같이 가시고, 함께하는 시간이 많아진 것 같아요."

"응, 그 할배랑 나랑 같은 고향 출신이더라고. 같이 이야기를 나눠보니 말도 잘 통하고, 왠지 모르게 챙겨주게 되네. 그리고… 내가 좀 외로워서 그래!"

괜한 걱정을 했나 싶을 정도로 할머니는 솔직하고, 속 시원하게 감정을 표현해 주었다. 마치, '남들이 어떻게 생각하는지 알아. 그렇지만 요즘 나는 외로운데 그 사람을 만나면 즐겁게 시간을 보낼 수 있어'라고 명확하게 이야기하는 것 같았다. 세대를 떠나 본인의 삶에 집중하기보다는 남의 시선을 의식하며 피곤하게 사는 사람이 많은 세상에 든든한 배짱과 당당함으로 할머니는 본인의 시간을 재미있게 꾸며 가고 있었다. 요즘에는 두 분이 보란 듯이 더 붙어 다닌다. 건전한 관계의 이성 친구가 있다는 것은 두 어르신에게 삶의 큰 활력이 되고 있다. 웃음이 많아졌고, 생기가 돈다. 마음은 있어도 표현하지 못하는 많은 보통의 어르신들이 두 분에게 은근히 부러움의 눈길을 보내기도 한다. 시간이 지나니, 두 사람을 향한 관심도 자연히 사그라들었다.

평생을 자신보다는 가족을 위해 희생해 왔던 어르신들은 나를 위함에 인색한 경우가 많다. 나의 선택이 나보다는 가족들에게 어떤 영향을 줄지, 주위 사람들에게 어떤 영향을 줄지를 먼저 생각하느라 정작 자신을 위해 선택한 것은 무엇이 있었는지 묻고 싶다. 나는 어르신들이 주어진 많은 시간을 선물이라 받아들이고, 오롯이 자신을 위해 써 보았으면 좋겠다. 다양하게 느껴지는 감정들을 자세히 들여다보고 솔직해졌으면 좋겠다. 그런 시간을 통해 나를 위해 무엇을 해 줄 수 있는지 고민하는 노년이었으면 좋겠다. 남의 시선까지 신경 쓰기에는 얼마 남지 않은 소중한 시간이니 오늘, 지금 이 순간부터라도 오롯이 나에게 집중하기!

프로 열정러

피하고 싶은 순간이 다가오고 있다. 불꽃 같은 열정을 가지고 있는 김문식 할아버지를 만나는 건 때로는 피하고 싶을 정도로 어려운 일이다.

김문식 할아버지만큼 매사 열정 가득히 사시는 분도 없을 것이다. 할아버지는 성공한 샐러리맨이었다. 청년 시절, 말단 사원으로 대기업에 입사했던 할아버지는 임원의 자리까지 올랐다가 퇴직을 하셨다고 한다. 퇴직한 지 30년 가까이 되었는데도 할아버지에게서 애사심이 느껴지는 건 그만큼 젊은 날의 많은 에너지를 회사를 위해 쏟아냈기 때문일 것이다.

할아버지는 이곳에서 일하는 직원들을 볼 때마다 30년 전의 이야기를 풀어내며, 남들보다 빠른 생각과 행동을 해야 리더가 될 수 있다며 목소리를 높이곤 하신다. 할아버지의 이야기는 반박할 수 없을 정도로 완벽하고 대단하다는 생각이 들지만, 지금의 젊은이들에게 적용하기에는 50년이라는 시대적 격차가 있기에 솔직히 할아버지의 이야기를 듣는 것이 항상 반가운 일만은 아니다. 그래도 열심히 듣는다. 피가 되고 살이 되는 이야기니까.

오늘도 할아버지의 이야기를 한참 들으며 이 얘기만 하고 마시겠지, 하고 기다리는데 이제 본격적으로 할아버지가 하고 싶은 진짜 이야기의 서두가 나오기 시작한다. 그래, 이제 진짜 시작이다.

게이트볼 동호회 회장으로 지난 몇 년간 활동한 할아버지는 게이트볼에 대한 애착이 정말 높은 분이다. 불철주야 회사를 지켰던 젊은 날의 할아버지처럼 늘 게이트볼장을 지킨다. 오전 8시, 오후 3시, 오후 7시. 어르신들이 게이트볼 경기를 즐기는 시간은 그들의 생활 방식에 따라 하루 세 타임으로 정해졌는데 할아버지는 오전 8시부터 오후 7시까지 자리를 지키고 계시는 분이다. 비나 눈이 오는 날은 미끄러울 수 있으니 절대 가지 마시라고 해도 매일 게이트볼장에 출근해야 할아버지는 마음이 놓이는 것 같다. 그뿐만 아니라 새로운 신입 회원을 놓칠세라 관심을 보이는 이가 오면 기다렸다는 듯이 복사해 두었던 안내지를 나누어주면서 게이트볼 규칙에 관해 열심히 설명하신다. 처음에는 잘 못 하는 것이 당연하니 매일 규칙적으로 나와 선배들이 하는 모습을 보고 옆에서 익히면 된다며 신입회원을 딱 붙잡고 말씀하신다. 시니어 타운을 선택할 때 게이트볼장도 꼭 둘러보았을 정도로 모든 관심과 에너지가 게이트볼에 집중되어 있으니 할아버지 눈에는 완벽한 게이트볼장을 위한 개선책이 늘 머릿속에 산더미만큼 쌓여 있다.

할아버지는 운동할 때 조금의 장애물이라도 보이면 즉각 시정을 요구하시는데, 난감할 때가 한두 번이 아니다. 시계의 전지를 갈아 달라거나, 마실 수 있는 차를 준비해 달라거나, 바닥이 평평해지도록 모래를 뿌려 달라거나, 경기장의 선이 잘 보이지 않으니 조금 더 선명하게 그어 달라는 요구는 금방 해결할 수 있다.

할아버지의 요구 중 가장 어려운 숙제는 경기장을 새로 만들어 달라는 것이다. 20년 전에 조성된 게이트볼장은 아쉽게도 돔 구장이 아니다. 지붕이 없어서 날이 궂으면 경기를 할수 없다는 것이 가장 큰 문제이자 안타까운 부분이다. 게이트볼은 적당한 움직임과 어렵지 않은 경기 규칙으로, 남녀노소 누구나 즐길 수 있는 대중적인 운동이어서 어르신들이 많이 즐겨 하는 운동 중 하나이다. 날씨에 상관없이 자유롭게 운동하고 싶은 마음에 아주 오래전부터 어르신들은 돔 구장이 있으면 좋겠다고 이야기해 오셨던 터다. 우리 역시 어르신들이 편하게 운동할 수 있도록 지붕이 있는 게이트볼장을 만들어 보려 다방면으로 알아보고 공부도 해 보았지만, 건물 신축 관련 법과 예산 등을 고려하면 지붕이 있는 게이트볼장을 만드는 것은 생각보다 꽤 복잡한 일이라는 걸 알 수 있었다.

김문식 할아버지는 돔 구장 이야기가 나올 때 평소보다 더 크게 힘을 주어 말씀하신다. 몇 해 동안 현실적인 어려움을 이야기하며 할아버지에게 이해를 구하기도 했지만 그런 것은 모두 핑계라고, 마음만 먹으면 되지 않을 일이 어디 있겠냐고 하신다. 답답한 마음이 들기는 나도 마찬가지인데, 여러 가지 제약상 해결하지 못하는 일을 당장에 하라고 하시니 나는 점점 할아버지를 만나는 것이 불편해졌고 급기야는 피하고 싶은 마음까지 들었다.

그래도 게이트볼장을 이용하는 많은 사람을 위해 몸소 나서서 목소리를 높이는 할아버지의 마음에 조금이라도 응하고자, 우리는 돔 구장까지는 아니더라도 조금 더 쾌적한 환경이 될 수 있도록 조금씩 손보기 시작했다. 어르신들이 운동하다가 쉴 수 있는 휴게실을 쾌적하게 만들었고, 공이 잘 굴러갈 수 있도록 바닥을 평탄하게 만드는 작업도 1년에 한 번씩 부분적으로 하고 있다. 돔 구장이 아닌 이상 할아버지의 마음에 썩 들지는 않겠지만 할아버지도 직원들의 노력에 고마워하신다.

게이트볼장의 환경은 전보다 훨씬 좋아졌고, 게이트볼에 대한 어르신들의 관심도 눈에 띄게 늘었다. 그리고 김문식 할아버지를 비롯한 여러 어르신의 노력과 바람으로 우리 모두의 숙원이었던 지붕이 있는 게이트볼 구장이 드디어 내년에 마련될 예정이다. 할아버지의 열정과 끈기가 만들어 낸 "숙제 풀리는 날"을 기다리며, 할아버지는 답답한 코로나 시국인데도 설렘을 가득 안고 즐겁게 하루하루를 보내고 계신다.

나 역시 그날이 빨리 오기를 기다린다. 더 이상 할아버지와의 만남을 피하지 않아도 되니까.

한동안은 열정이라는 단어를 떠올릴 때마다 다른 어떤 젊은이들보다도 김문식 할아버지가 제일 먼저 떠오를 것이다. 포기하고, 타협할 수 없는 열정을 지닌 92세 어르신은 많지 않다. 게이트볼이라는 운동에 본인이 지닌 열정과 에너지를 쏟아붓는 김문식 할아버지에게는 늘 힘이 있고, 기운이 있다. 때로는 따라갈 수 없을 정도로.

내 인생의 책

올해만 다섯 번째 책을 선물 받았다. 종종 어르신들로부터 책을 선물 받곤 하는데, 대부분 저자의 사인이 들어간 어르신들의 자서전이다. 모든 자서전이 특별하지만, 오늘 받은 이 다섯 번째 자서전은 조금 더 특별하게 느껴진다. 도병수 할아버지는 오래전부터 자서전 쓰기를 꿈꿔왔었다. 어디서부터 어떻게 시작해야 할지 몰랐지만 늘 언젠가는 자서전을 써 보겠다는 의지가 할아버지에게 있었다. 그럼에도 불구하고 선뜻 시작하지 못했던 건, 누구 하나 할아버지의 자서전에 관심이 없는 것은 물론 심지어는 할아버지가 자서전을 쓰겠다는 사실 하나만으로도 "당신이 어떻게!?"라는 의심 어린 눈길을 보냈기 때문일 것이다.

사실 할아버지를 오랫동안 보아온 나도 그가 자서전을 쓴다는 것에 의문이 들었다. 할아버지는 이야기가 많은 사람임에는 틀림이 없었지만, 이야기를 잘 엮어내는 사람은 아니었다.

이야기를 많이 했지만, 이야기를 잘하는 건 아니었다. 두서가 없는 할아버지의 이야기를 듣기 위해서는 머릿속에서 여러 번 해석을 거쳐야 했다. 죄송한 마음이지만, 할아버지의 이야기를 들어야 할 때는 적지 않은 시간과 에너지를 들여야 했기에 크게 마음을 먹은 날이 아니라면 할아버지를 위해서도, 그리고 나를 위해서도 이야기를 시작하지 않는 편이 더 나았다.

그렇게 별일 없이 지나가던 어느 날, 할아버지는 소리도 없이 찾아와 갑자기 자서전을 쓰겠다고 선포하셨다.

"내가 말이야, 이번에는 진짜로 자서전을 쓰려고 하는
데 말이야."

할아버지는 정말로 무언가를 남기고 싶어 하는 사람 같았다. 그리고 그 의지가 다른 어떤 때보다도 확고했다. 이제 진짜로 할아버지의 자서전을 위해 무언가를 해야 할 때였다. 자서전을 쓰기 위해서는 오래된 사진을 연도별 또는 사건별로 정리하고, 흐름에 맞게 이야기를 만들어 가야 할 필요가 있었기 때문에 할아버지 곁에서 그의 이야기를 듣고, 정리해 줄 누군가가 필요했다.

마침 인근에 있는 대학교와 연계하여 진행하는 프로그램

중에 어르신의 자서전 쓰기를 도와주는 프로그램이 진행 중이어서 우리는 여러 명의 대학생과 할아버지를 매칭시켜 자서전 쓰기를 시작하기로 했다. 손자, 손녀 같은 학생들과 정기적으로 만나 이야기를 풀어내고 어떻게 자서전을 만들어 갈 것인지 의논하는 과정 자체가 할아버지에게는 큰 즐거움으로 느껴졌던 것 같다. 자서전을 만들어 가는 1년의 세월 동안 할아버지는 내가 보아 온 그 어떤 시기보다 표정이 다양해 보였다. 그리고 가장 할아버지다운 목소리를 내는 시기였다고 생각한다.

다수의 독자를 대상으로 판매가 되는 책은 아니지만, 할아버지는 책을 여러 권 인쇄했다. 가족들, 시니어 타운의 직원들에게 나누어 주고도 몇십 권의 책이 남아 작은 창고를 비우고 책을 보관해야만 했지만, 그래도 할아버지는 충분히 만족했다. 스스로 오랜 숙제를 끝낸 것 같은 후련함이 보였고, 자신의 이름으로 쓴 자서전을 가지고 있다는 것 자체가 하나의 큰 자부심으로 느껴지는 것 같았다. 책을 읽고 나서 보인 가족과 주변인들의 반응도 할아버지에게는 큰 선물이었다. 가족들마저 할아버지를 이해하고, 깊이 알 수 있는 계기가 되었다고 했다.

나는 자서전을 쓰는 것이 많은 어르신에게 긍정적인 영향을 준다고 생각한다. 이곳에 '내 인생의 글쓰기'라는 자서전 쓰기 프로그램이 생겼을 때 많은 어르신에게 적극적으로 홍보하며 글쓰기를 권유했던 것도 그 이유 때문이다. 어르신들은 자서전을 쓰면서 좋은 기억뿐 아니라 잊고 싶은 기억도 함께 꺼내 본다. 그 기억마저 지금의 나를 만든 일부이기 때문에 굳이 자서전에 좋은 이야기만 쓰려고 하지는 않는다. 상처였던 기억에도 세월이 흐르며 단단한 굳은살이 박여 이제는 어루만지며 '그땐 그랬지'라고 말해 줄 수 있는 여유가 생겼기 때문이기도 하다. 그래서 그들의 이야기는 평범하면서도 비범하다.

어떤 삶은 순조롭게 흘러왔고, 어떤 삶은 폭풍우에 휩쓸린 듯 고단하기도 했다. 그것이 흔히들 말하는 운명인지도 모르겠다. 그러나 어떤 삶을 살았든, 어떤 운명을 가지고 태어났든 그것을 이끌어 가는 배의 선장은 자기 자신이다. 순조롭게 흘러가는 배도 운전을 잘하지 못한다면 보이지 않는 암초에 걸리게 될 것이고, 폭풍우에 휩쓸린 배를 운전해도 운전대를 놓지 않고 가다 보면 반드시 햇살이 가득한 고요한 바다를 만난다는 것을 어르신들의 자서전을 통해 배울 수 있었다.

할아버지가 그렇게 자서전을 쓰고 싶다고 할 때 도와드리길 잘했다는 생각이 든다. 이제 할아버지의 나이 93세. 무언가를 머뭇거릴 수 없는 나이가 되었다.

비범함이 가득 담긴 인생이 아니라 그저 평범한 인생을 살아왔더라도 누구든지 자서전 쓰기를 시작해 보시기를 바란다. 한 사람, 한 사람의 인생은 모두 특별하니, '내 인생, 뭐 특별한 게 있을까?' 의심치 말고 일단 시작해 보시기를.

한 권의 책이 만들어질 때쯤 인생길에서 가장 잘한 일 중 하나로 기억될 것이라고 자신한다.

파워 블로거

"어머니, 안녕하세요. 오늘은 어떤 기사를 쓰셨어요?"

"지난번에 테마 여행 갔던 이야기를 썼어요. 담양에 있
는 메타세쿼이아 길이랑 장성에 있는 백양사에 다녀왔
는데, 늦가을 정취가 정말 멋있더라고요."

"그렇지 않아도 그 여행이 어땠는지 궁금했었는데, 블
로그에 들어가서 구경해 봐야겠네요!"

이제는 파워 블로거로 유명한 조인숙 할머니는 15년 전 봄
부터 블로그를 시작했다. 짬짬이 책을 통해 배운 컴퓨터로
할머니는 인터넷 안에 작은 방을 만들었고, 그곳에 모든 것
을 쏟아냈다.

할머니가 이곳에 온 건 몸이 아픈 배우자를 잘 돌보기 위
해서였다. 그만큼 모든 것의 1순위가 할아버지였다. 함께 걷
고, 짧은 대화를 나눌 수 있는 시간은 오래가지 않았다. 몇 해

가 지나 할아버지는 휠체어에 의지해야 했고, 또 몇 해가 지나자 침대에서 혼자 내려오지 못했다. 짧은 감탄사로만 끝나는 할아버지의 말은 누구도 이해할 수 없었고, 오직 할머니만 그 뜻을 알아차릴 수 있었다. 수년간의 돌봄이 지칠 만도 한데 할머니는 매일 건강한 기운을 할아버지에게 주었다.

할머니는 매일 저녁 블로그에 일기를 썼다. 매일 같은 일상의 반복이었지만 할머니의 일기는 매일 달랐다. 오랜만에 재미있는 드라마를 만났다는 이야기, 이웃이 건넨 과일이 맛있었다는 이야기, 입꼬리가 살짝 올라간 듯 보이는 할아버지의 표정에서 오랜만에 남편의 미소를 봤다는 이야기, 오늘 점심 메뉴가 특별히 맛있었다는 이야기, 창밖으로 보이는 가을이 쓸쓸해 보인다는 이야기, 그리고 매일의 일기에 빠지지 않는 '오늘도 감사하다'라는 이야기. 웃었던 날보다 울었던 날이 더 많았지만 좌절하는 날보다는 감사하는 날이 더 많았던 할머니의 숭고한 8년의 세월이 블로그에 고스란히 담겼다.

이곳에서 아홉 번째 여름을 맞이하던 날, 할머니는 할아버지와 사별했다. 그건 13년간의 돌봄이 끝이 났다는 의미였다. 할아버지를 보내고 나서 할머니는 바쁘게 지냈다. 세월은 많이 흘렀지만, 여전히 할머니는 무엇이든 할 수 있는 나이였으며, 기운이 있었고 의지가 있었다. 할머니의 사정을 모르는

어떤 이는 사별한 사람답지 않게 여기저기 돌아다닌다며 손
가락질을 하기도 했지만, 사정을 잘 아는 대부분은 할머니가
그동안 고생을 많이 했다며 이제야 본인의 삶을 살아갈 수 있
게 된 할머니의 모습이 보기 좋다고 응원해 주었다.

"어머니, 씩씩하게 잘 지내시는 모습이 보기 좋아요! 요
즘 생활은 어떠세요?"

"할아버지가 안 계시니까, 허전하지. 매일 저녁, 침대에
있는 할아버지 얼굴을 쓰다듬어 주고 자는 게 인사였는
데, 침대에 아무도 없다는 게 이상해. 그렇게 오랫동안
힘들게 지내다가 돌아가신 게 늘 마음에 남고 그러네.
그래도 후회는 없어. 생각해 봤는데 이렇게 해야 했는
데, 라는 후회는 남지 않더라고. 남편에게 내가 할 수 있
는 모든 걸 했고, 끝까지 최선을 다했다는 생각이 들어."

"맞아요, 어머니. 어머니를 본 사람이라면 누구나 인정
할 거예요. 정말 고생 많으셨어요."

"그 세월을 블로그 덕에 견딜 수 있었어. 글을 쓰고 나
면 마음이 후련해지더라고. 사람들이 놀러 와서 내 글
을 보고 가는 것도 좋았어."

"앞으로도 블로그 계속하실 거죠?"

"당연하지. 그거 없으면 나 못 살아. 하하하."

블로그의 내용은 이제 시니어 타운의 일상을 소개하는 내용으로 많이 바뀌었다. 보는 것도, 듣는 것도, 느끼는 것도 많아진 할머니의 이야기는 점점 풍성해지고 있다. 비 오는 날 오후 3시에 김치전과 막걸리로 깜짝 이벤트가 열렸던 이야기나 어버이날을 맞아 열린 행사에서 들었던 감미로운 목소리의 어떤 가수 공연 이야기뿐만 아니라 오늘 어떤 음식이 나왔는지, 매일 오후 빼먹지 않고 친구들과 즐기는 보드게임 이야기 등 소소한 이야기까지 모든 일상을 사진까지 곁들여 블로그에 남긴다. 그래서 할머니의 블로그를 보고 있으면 이곳을 전혀 모르는 누구라도 자연스럽게 일상이 그려질 정도다.

할머니의 블로그에는 15년 동안 많은 손님이 왔다 갔다. 그들의 발자국이 82세의 할머니에게 파워 블로거라는 이름을 달아 주었다. 파워 블로거라는 이름의 무게 때문인지 할머니는 더 열심히 블로그를 운영한다. 누구의 도움도 없이 혼자 인터넷을 보며 블로그라는 세계에 발을 들였던 할머니는 이제 네이버 본사에서 블로거들을 대상으로 하는 교육에 참여하기도 하고, 광고로 몇만 원의 수익을 올려 기부하기도 한다. 남녀노소 상관없이 많은 이와 소통할 수 있는 이 공간을 할머니는 무척 사랑하고 아낀다.

　모자를 눌러쓴 채 오래된 사진기를 가지고 나가시는 모습을 보니 오늘은 야생화에 관한 이야기를 올릴 모양인 것 같다. 사진 동호회에서 몇 년간 활발히 활동해 온 할머니의 사진 촬영 솜씨는 이미 수준급이다.

　아마도 어느 순간에는, 할머니가 사랑하는 파워 블로거라는 이름도 내려놓아야 할 순간이 올 것이다. 그래도 할머니는 미련 없이, 홀가분하게 내려놓으실 것이다. 끝까지 할 수 있는 최선을 다했기에. 할머니의 블로그에 담긴 스스로에 대한 다짐이 뭉클하게 다가오는 오늘이다.

「15년 동안 매일 빠짐없이 블로그에 글을 올리는 나를 보며, 매일 도전하는 나의 모습에 감동합니다.
1년 후 나의 모습도 오늘보다 조금 더 발전하기를 소망합니다.
현재 아무 병도 없으니 지금처럼 신체도, 정신도 건강한 나의 깨끗한 모습을 상상합니다.
늘 이웃을 사랑하며 오늘처럼 멋진 인생을 사는 나에게 파이팅을 보냅니다.
금반지아이디 명 파이팅!!!」

신세계로 Step by Step

세상은 너무나 복잡하다. 세상 복잡한 게 뭐 한둘인가 싶지만, 어르신의 관점에서 세상을 경험해 보니 정말이지 화가 날 정도다. 무언가 고장이 났을 때 AS 센터에 전화하면 무슨 거쳐야 할 단계가 그리 많은지. 게다가 전화는 왜 하라고 한 것인지 모를 정도로 지겹게 안 받는다. 식당에 가서 밥 먹는 것도 참 힘들다. 계산대에 사람은 없고 덩그러니 기계만 놓여 있는데 도대체 뭘 어떻게 하라는 것인지 모르겠다. 길거리에 잘도 지나다니던 택시는 어디로 갔는지 코빼기도 안 보이더니 젊은 애들 앞에서는 잘도 선다. 물어보니 앱이라는 것을 쓰라는데 도통 무슨 말인지 모르겠다. 숫제 스마트폰이 없는 어르신들은 앱이라는 것으로 택시를 부르는 게 아예 불가능한 일이다.

공인인증서는 그중에서도 화룡점정을 찍는다. 동사무소에 가지 않고도 집에 컴퓨터가 있으면 주민등록등본 같은 간단한 서류를 뗄 수 있다기에 은행에 가서 공인인증서를 만들어 달라고 했는데, 은행에서 다 해주는 게 아니었던 모양이다. 은행에서 준 카드를 가지고 컴퓨터 앞에 앉아 열심히 하라는 대로 따라 해 보는데 뭔가 계속 어긋난다.

복잡한 세상을 살아가는 어르신들에게 젊은이들의 도움은 필요한 정도가 아니라 때로는 절박하기도 하다. 어르신들을 대신하여 AS 센터에 전화하여 접수하고, 키오스크를 이용하는 방법을 안내해 드리고, 앱으로 택시를 불러 드리고, 공인인증서 만드는 방법도 도와드리다 보니 정말 속에서 천불이 난다.

"뭐가 이렇게 복잡해! 도대체 어떻게 하라는 거야!"

내가 사용할 때는 잘 몰랐는데, 어르신의 관점에서 사용해 보니 정말 요지경 세상이겠다 싶었다.

이런 세상을 어려움 없이 사는 김인석 할아버지의 모습은 사뭇 남다르게 보인다. 이곳에 온 이후 인터넷과 스마트폰 활용 등의 수업을 꾸준히 들어온 할아버지는 일상의 많은 것들을 엄지손가락 두 개로 해결한다. 가령, 할아버지는 은행에 가지 않고도 스마트폰으로 은행 업무를 보고 부족한 간식과 생활용품은 인터넷 쇼핑을 통해 구매한다. 우유나 달걀 같은 신선식품은 주문한 다음 날 아침에 배송이 되는 '샛별배송'이라는 것을 이용하기도 하니 살림 5년 차의 내공이 느껴진다. 휴대 전화로 찍은 사진을 클라우드웹 저장소에 연동하여 자동으로 저장해 놓도록 설정해 놓았고, 기념되는 사진은 액자나 앨범을 만드는데, 이 역시 사진관에 가지 않고도 모두 휴대 전화로 해결한다. 할아버지는 처음 접하는 모든 것에 거부감이 없고 스스럼없이 부딪치며, 그것을 정복하였을 때 희열을 느끼는 사람으로 보인다. 무언가 잘 풀리지 않아 스마트폰을 골똘히 쳐다보고 있는 할아버지에게 다가가 도와드릴지 여쭤보면 항상 이렇게 말씀하신다.

"아니야, 끝까지 내가 해 봐야지. 옆에서 도와주면 다음에 또 물어봐야 하잖아. 내가 해봐야 안 잊어버리고 정확히 알 수 있어."

할아버지의 진가는 코로나-19로 정부에서 어르신들에게 지급한 재난지원금을 받을 때 빛이 났다. 재난지원금을 받는 데에는 두 가지 방법이 있었는데, 하나는 스마트폰을 이용하는 방법이었고, 다른 하나는 직접 서류를 작성하여 동사무소에 방문하는 방법이었다. 스마트폰 사용이 익숙하지 않거나 아예 가지고 있지 않은 어르신들에게는 동사무소에 방문하는 것이 오히려 덜 번거로운 방법이었다. 특히 본인 명의의 신용카드도 있어야 했는데 어르신 중에는 신용카드가 없는 분들도 있었고, 재난지원금을 받으려고 신용카드를 만드는 것도 어려웠다. 감사하게도 우리 시니어 타운에 계시는 어르신의 수가 많아 동사무소에서 한 명의 직원이 파견을 나왔고 어렵지 않게 재난지원금을 모두 받으실 수 있도록 할 수 있었지만, 어르신들을 위한 배려의 행정이 요구되는 사례가 아니었나 싶다.

김인석 할아버지에게도 처음 해 보는 재난지원금 신청은 한 번에 해결되지 않는 일이었다. 어려운 수학 문제를 풀듯이 할아버지는 몇 번의 시도를 거쳐 혼자 재난지원금 신청을 마쳤다. 그리고 이웃들의 신청도 적극적으로 도와주었다. 나로서는 할아버지가 일을 덜어준 격이었다. 할아버지에게는 예전과 완벽히 다른 지금의 세계가 재미있는 연구 대상처럼 느껴지는가 보다. 새로운 것들을 접하고 공부하느라 할아버지는 항상 바쁘다.

급변하는 환경이 따라가기 버거워 젊은이들조차 새로 알기를 게을리하는 요즘, 복잡한 세상을 마주하는 할아버지의 정면 승부가 눈이 부시게 멋지다. 할아버지가 한 가지씩 새로운 것들을 격파할 때마다 나 역시 함께 희열을 느끼곤 한다.

바라건대, 이 책을 읽는 어르신들도 손가락 한 개로 신세계가 펼쳐지는 마법 같은 세상을 만나기를 바란다. 그 세상에서는 건강하게 사는 법, 편리하게 사는 법, 재미있게 사는 법 등등 법전에서는 찾아볼 수 없는 다양한 법들을 만날 수 있으니. 비록 처음에는 조금 어렵고 복잡하더라도, 충분히 알고자 하는 노력과 에너지를 쏟을 만한 가치가 있음에는 분명하니 말이다.

제4부

행복을
채우는
사람들

 행복은 결국, 내가 만들어 가야 하는 것이었습니다.

요즘에야 맞벌이 가정이 많이 늘어나면서 남자들도 집안일을 함께 하지만, 예전만 하더라도 남자는 밖에서 일하며 돈을 벌고 여자는 집에서 살림하며 아이들을 키우는 것이 일반적이었어요. 아내와 사별하고 나서 세탁기에 세제 넣는 것조차 몰라 딸에게 도움을 청하는 나를 보면서 헛웃음이 나오더군요. 세탁기 돌리는 것도 모르는데 밥 먹는 건 어땠겠어요. 사 먹는 것도 한두 번이지, 은퇴하고 나서 아내에게 요리며 집안일 좀 많이 배워 놓을 걸, 이라는 생각이 들더라고요. 아무것도 할 줄 아는 게 없는 저 자신이 한심하게 느껴지기도 하고, 어떻게 살아야 하나 걱정이 되기도 했습니다. 그런데 느려도 하나씩 배우니깐 어떻게든 해지더라고요. 아내 없는 빈자리는 여전히 허전하고 어색하지만, 그 시간을 어떻게 채우는지 배우고 노력하다 보니깐 이제 아내 없는 빈자리에서 내가 어떤 행복을 찾아가야 하는지 알 것 같아요.

- 78세, 김도산

누구나 새로운 시간을 맞이해야 할 때가 인생에 반드시 찾아
오지요.

그것이 견디기 힘든 시간이든, 기다렸던 시간이든 간에 말입니다.

어떤 시간이 오건 간에 그 시간이 당신에게 행복이기를 바랍니다.

그리고 그 행복은 당신이 만드는 것이지요.

그냥 흘러가는 세월이 아니라, 행복을 만들어 가는 세월이기
를 바랍니다.

당신을 위해서,
나를 위해서

80세 생신날이다. 김도훈 할아버지는 어디를 가신 건지 아침 일찍 외출했다. 얼굴을 보고 축하 인사를 하고 싶어서 할아버지를 하염없이 기다리는데, 늦은 오후 무심하게 양복을 차려입은 할아버지의 모습이 저 멀리 보인다. 반가운 마음에 나는 현관 앞까지 달려가 할아버지에게 하이 톤의 목소리로 축하 인사를 건넨다.

"아버님! 80번째 생신을 축하드려요! 오늘은 특별한 날이네요. 자녀분들이랑 식사라도 하고 오시는 길인가 봐요! 아버님 얼굴 뵙고 축하 인사드리고 싶어서 아침부터 기다렸어요."
"에그, 그랬어? 정말 고맙네. 나를 이렇게 기다려주는 사람이 있다는 게 참 좋네. 애들하고는 지난주에 벌써 밥을 먹었어. 오늘은 먼저 간 우리 아내한테 다녀오는 길이야."

"아, 그러셨구나. 오늘 좋은 날이어서 어머님하고 축하하고 싶으셨나 봐요."

"응, 내 인생에서 가장 소중한 사람이 우리 아내거든. 사실 나한테는 생일이 크게 중요하지 않아. 생일은 내 의지와 상관없는 날이지 않나. 나에게는 말이지, 결혼 기념일이 제일 중요해. 내 의지에 따라 선택한 사람과 인생을 시작한 날이니까. 오늘 케이크 하나 사 가서 아내랑 이런저런 이야기를 하다가 왔어."

아내에 대한 진한 그리움이 느껴진다. 할아버지는 특별한 일이 없어도 때때로 아내를 만나러 간다. 마음이 허할 때, 보고 싶을 때, 좋은 일이 있을 때, 이야기를 나누고 싶을 때, 생전 아내가 좋아했던 꽃 한 송이를 들고, 일을 마치고 집에 가듯이 자연스럽게 아내가 있는 그곳으로 간다. 세월이 갈수록 아내의 빈자리는 무뎌지지 않고, 더 선명해진다.

사별 후 이곳에 왔을 때 유독 바쁘게 지내셨던 할아버지의 모습이 기억난다. 자투리 시간이 없을 정도로 할아버지는 운동에 매진했다. 가끔은 운동을 너무 많이 해서 탈이 날 정도로 할아버지는 운동만 했다.

　마음먹은 대로 운동하는 것도 힘들다는 것을 알게 되면서 할아버지는 방황했다. 시간을 어떻게 보내야 할지 몰랐고, 한없이 긴 시간 속에 마음을 다잡는 건 힘들었다. 그리 길지 않은 시간 안에 다행히도 할아버지가 농사를 지을 기회가 생긴 건 정말 다행이었다.

　운동할 때만큼이나 할아버지는 모든 시간을 농장에 쏟는다. 얼굴이 새까맣게 탈 정도로 늘 농장에서 시간을 보내는데, 어찌나 귀하고 사랑스럽게 작물을 가꾸시는지 키우는 것마다 크기, 모양, 색깔이 탐스럽게 자라 보는 것만으로도 배가 부른다. 할아버지는 혼자서는 다 소화하기 어려울 정도로 많은 모종을 심고, 탐스럽게 맺힌 상추, 오이, 고추, 가지, 방울토마토를 따서 아들네 집에도 보내주고, 이웃들과도 나누어 먹고, 나에게도 나누어 주신다.

　"농장에 왜 복지사 이름이 없어? 올해는 농사 안 하는 거야?"
　"네, 아버님! 작년에 한번 해봤더니, 저랑은 맞지 않는 것 같아요. 제가 잘 돌보지 않아서 귀한 채소들이 다 죽었어요. 그럴 바에는 안 하는 게 나을 것 같아서 올해는 신청을 안 했어요."

"그랬어? 걱정하지 마. 내가 상추 따서 줄 테니!"

농장에서 온 시간을 보내는 할아버지는 살아있는 것들로부터 기운 좋은 에너지를 받는다. 그립고, 보고 싶고, 돌아가고 싶은 순간들을 향한 마음을 자연은 다 받아주는 것 같다는 생각이 든다. 싱그러운 자연을 만나면서, 작은 열매들을 키우면서, 그리고 마음을 다해 키워낸 열매들을 이웃과 나누면서, 무엇보다 일상의 크고 작은 일들을 아내에게 이야기하면서 할아버지는 자연 속에서 살아간다.

언제든 아내가 사무치게 그리울 때면, 할아버지는 무심하게 양복을 차려입고, 꽃 한 송이를 들고 아내가 있는 곳에 다녀올 것이다. 그래도 그 깊고 깊은 감정에서 빠져나와 다시금 생동감 있는 모습으로 돌아올 수 있는 건, 무엇이든 받아주고, 이해해 주고, 들어주는 아내를 닮은 자연이 있기 때문일 것이다.

앞으로도 농장에서 열심히 일하는 할아버지의 모습을 오랫동안 보고 싶다. 많이 그리웠을 할아버지의 싱그러운 웃음을 아내도 좋아할 것 같다.

나를 만들어 가는 즐거움

우리 시니어 타운의 10년 역사가 담긴 책의 페이지를 무심코 펼쳐 보았다. 허허벌판 위에 한 층, 한 층 건물을 세워나갔던 사진부터 시니어 타운이라는 미지의 세계에 발을 들였던 선구자들의 초창기 모습이 정성스레 담겨 있다. 올해 74세로 2009년에 이곳에 오신 김영대 할아버지의 모습이 제일 많이 보인다. 74세면 지금도 어르신들 사이에서 '젊어서 좋겠다'라 며 부러움을 유발하는 나이인데, 당시 할아버지의 나이는 62 세였다. 아직 결혼하지 않은 자녀들이 있었고, 할아버지라고 불리기에는 너무 젊은 나이였다.

할아버지는 은퇴하고 장기적으로 노는 사람, 장로가 되었 다며 제대로 놀아보기 위해 이곳에 오셨다고 했다. 본래의 성향이 남의 이목을 신경 쓰지 않는 편이어서인지 할아버지 는 누구보다도 재미있게 이곳의 생활을 즐기셨던 것 같다. 오전에는 요일별로 탁구와 배드민턴, 아쿠아로빅 등 주로 운동하는 데 시간을 보냈다. 합창단에 소속되어 크고 작은 무대에 서기도 했는데, 그건 자신뿐만 아니라 이웃들에게도 많은 즐거움을 주는 활동이었다. 스포츠 댄스, 색소폰, 노래 교실, 유화, 사물놀이, 피아노, 하모니카, 아코디언, 서예, 서양화 등등 이곳에서 진행하는 프로그램에 할아버지는 빠지지 않고 참석했다.

그렇게 신나게 놀던 어느 날, 할아버지는 1년 동안 충분히 쉰 것 같다며 이제 무엇이든 해야 할 것 같다는 생각이 든다고 말씀하셨다. 평소와 다름없이 익살스럽게 이야기를 시작하던 할아버지는 진지하게 앞으로의 인생을 설계해 봐야겠다며, 무엇인지 모를 굳은 다짐을 하고 집으로 돌아갔다.

인생 설계 관련 다양한 특강도 듣고 지인들을 만나 동향도 살피며, 인터넷과 신문 등을 통해 다양한 정보를 수집하던 할아버지는 몇 달 뒤, 말끔한 차림으로 출근한다며 문을 나섰다. 어디에 가시는지 여쭈니, 근처 노인 병원에서 일하기로 했다고 하셨다. 과거에 의사로 현직에서 근무할 때는 응급 상황이 많아서 마음 졸이며 살았는데, 지금은 출퇴근 시간도 있고 한층 여유로워 무척 만족스럽다며, 설렘을 안고 출근하는 할아버지의 모습이 인상적이었다. 몇 년 동안, 할아버지는 오전 10시부터 오후 3시까지 주 5일 근무였던 자신

의 일자리에 자부심과 책임감을 느끼며, 그리고 무엇보다 즐
거워하며 열심히 다니셨다. 활기차 보였고, 행복해 보였다.

여러 가지 재주가 많은 할아버지는 이곳에서 노래하는 가
족으로도 유명해 종종 이웃들을 위해 '가족 음악회'를 열곤
한다. 할아버지를 따라 60세의 젊은 나이에 이곳에 온 할머
니는 물론이고, 아들, 딸, 사위, 며느리 모두 음악을 사랑하는
가족이다 보니 언제, 어디서든 음악을 풀어내는 모습이 자연
스럽다. 작은 무대라고 소홀히 하는 법도 없이 가족 모두 연
습도 열심히 하고, 멋진 턱시도와 드레스도 꺼내 입으니 여
느 공연에 견주어도 손색없는 연주회의 장면이 펼쳐지곤 한
다. 코로나-19로 인해 가족 음악회를 더 이상 못 보는 것이
못내 아쉽지만, 언젠가 이 가족의 연주회를 다시 볼 수 있을
것 같은 설렘과 기대가 피어난다.

무엇인지 모를 굳은 다짐을 하고 나서부터 할아버지의 바
쁜 생활은 더 바빠졌고, 무엇보다 삶의 의미가 더 진해진 것
같았다. 자신을 필요로 하는 곳에서 일하며 존재의 의미를
찾았고, 좋아하는 취미 생활이 자기 자신의 즐거움뿐만 아
니라 타인에게도 좋은 영향을 미친다는 것을 알게 되면서
행복의 의미를 찾아갔다. 스스로 삶의 의미를 하나하나 찾
아가는 할아버지의 모습에서는 늘 긍정적인 에너지가 샘솟

는 것 같았다.

몇 해 전부터 할아버지는 천주교 모임에서 봉사를 하고 계신다. 독실한 가톨릭 신자인 할아버지는 봉사직에 관한 이야기가 나왔을 때 흔쾌히 본인이 하겠노라고 말씀하셨다. 천주교 모임에서의 봉사직도 아마 할아버지가 계획한 노년의 한 페이지에 있었던 것 같다. 할아버지는 아주 오래전부터 그 일을 했던 것처럼 스스럼없이, 아주 계획적으로 봉사직을 잘 수행하고 계신다. 예배 한 시간 전에 예배당으로 가서 가장 먼저 신자들을 맞이하고, 예배를 드릴 수 있는 최적의 환경을 만들기 위해 온도 체크, 마이크 체크 등 필요한 부분을 확인하고 또 확인한다. 무엇보다 어르신들이 많이 오는 이 예배의 특성상 기운이 없거나 몸이 불편하여 휠체어를 타고 오시는 분도 많은데, 할아버지는 가장 뒷자리에 앉아 늦게 오시는 분들이 불편함 없이 예배를 드릴 수 있도록 돕곤 한다.

신자 중 돌아가신 분이 있을 때는 가장 먼저 장례식장에 가서 추모하고, 정신이 없을 가족들에게 천주교 장례 절차에 대해 세심하게 설명하고 안내해 주며, 신부님에게 소식을 알려 장례 미사를 드릴 수 있게 연결해 준다. 이제 막 종교에 입문한 신입생을 돌보는 것도 할아버지가 해야 하는 일 중의 하나다.

"앞으로 뭘 해야 할지 모르겠어요. 이제 우리에게는 절
망밖에는 남지 않은 것 같아요."

김영대 할아버지가 1년 동안 신나게 놀던 어느 날, 나에게
했던 말이라면 믿을까?

인생의 계획이란, 비단 젊은 시절에만 국한되는 것은 아닌
것 같다는 생각이 든다. '생각하는 대로 살지 않으면 사는 대로
생각하게 된다'라는 프랑스 작가이자 비평가인 폴 부르제Paul
Bourget의 말이 문득 떠오르는 건, 생각하는 대로 사는 할아버
지의 모습에서 희망찬 노년의 미래를 보기 때문인 것 같다.

선구자

"어머니, 20년 전이면 여기는 정말 허허벌판이었고, 우리 시니어 타운의 건물도 다 생기기 전인데 어떻게 여기에 올 생각을 하셨어요?"

"많은 사람이 나를 선구자라고 불렀어요. 그러면서도 왜 멀쩡한 아들을 불효자로 만드느냐고 했었죠. 그저 건강하고, 편안하게 노후를 보내려고 이곳을 선택한 것뿐인데, 20년 전에는 참 이렇다, 저렇다, 말이 많았어요. 그러거나 말거나, 나는 결심한 대로 이곳에 왔어요. 내 노후는 스스로 책임지고 싶었고, 무엇보다 아이들에게 짐이 되고 싶지 않았거든요."

지금이야 대형 마트, 영화관, 지하철역 등 다양한 편의 시설이 생겼고 서울로 나가는 교통편도 많아졌지만, 20년 전만 해도 이곳은 황량한 벌판이었다. 주변 동네가 신도시로 지정

되면서 아파트가 올라가기 시작하던 때였고, 도로 정비도 되어 있지 않았던 때라 20년 전 이곳에 정착한 어르신들은 잘 정리된 아스팔트 길을 보며 상념에 젖곤 한다.

무엇보다 시니어 타운에 대한 개념이 생소하던 시기였다. 개척지를 찾아가는 탐험가들처럼 노후의 거처로 시니어 타운을 선택한 소수의 사람은 다수의 사람으로부터 호기심 담긴 불편한 시선을 감내해야 했다. 다양한 노인 주거 시설이 안정적으로 운영되면서 집이 아닌 시설에서 노후를 보내는 것에 대한 사회적인 인식이 긍정적으로 변했지만, 과거만 하더라도 시설에서의 노후 생활은 현대판 고려장이라는 인식이 전반적이었다.

그러한 시대에, 도경희 할머니의 흔들림 없는 뚝심은 실로 대단한 것이었다. 지척에 살며 서로 살림을 도와주던 아들 내외가 다른 곳으로 이사 가게 되는 상황이 생기면서 할머니는 노후의 거처에 대해 고민하게 되었다고 한다. 연로한 부모님을 곁에서 모시겠다며 아들 내외가 합가를 권했던 그때, 할머니는 어디선가 어렴풋이 들어본 이곳을 떠올렸다고 한다. 정확히 어디에 있는 것인지, 어떤 생활 환경인지, 어떤 시스템으로 운영되는지도 몰랐다고 한다.

할머니의 머릿속에 모호한 이미지로 존재했던 시니어 타

운은 실제로도 완벽한 노후의 주거 공간은 아니었다. 선진국의 노인 주거 시설을 벤치마킹하고, 수년에 걸친 다양한 자료 조사와 시뮬레이션을 거쳐 한국형 시니어 타운을 만들었지만 이와 관련된 모든 일이 맨땅에 헤딩하기식이었으니 초창기의 시니어 타운은 운영하는 사람도, 이용하는 사람도 참 어려웠던 시기가 아니었을까 싶다.

이런 상황에서 도경희 할머니의 결단은 용감하면서도 다소 무모한 행동이었을 것이다. 이사를 하고 동생이 다녀갔던 날, 왜 누나가 이런 곳에 있느냐며 눈물을 보이며 돌아갔다는 이야기는 이제는 웃으며 떠올릴 수 있는 추억이 되었지만, 당시만 해도 할머니를 혼란스럽게 만들었다고 한다. 그럼에도 불구하고 여전히 고집이 아닌, 확실한 자신감으로 가득 찬 할머니는 20년 동안 이곳에서 잘 살고 계신다.

배우자와 둘이 왔던 할머니는 이제는 혼자가 되었고, 처음 살던 큰 집에서 더 작은 집으로 이사도 했다. 주변 이웃들도 20년의 세월 동안 많이 바뀌었고, 활발하게 참여하던 프로그램의 개수도 점점 줄어들게 되었다. 할머니는 20년 전의 선택에 대해 어떻게 기억하고 계실까?

"지금도 좋지만 생각해 보면 과거가 참 좋았어. 이곳에 처음 왔던 그때 말이야. 직원들이나 입주자들 모두 처음이었기 때문에 모든 걸 우리가 만들어 가야 했어. 정신없이 우왕좌왕했지만 그래서 더 재미있었지. 만들어 가는 즐거움이 있었거든.

20년 전에 나는 건강하고 편안하게 살려고 여기를 선택했지. 그런 면에서 내 선택에 만족해. 이제 살아있는 여고 동창생도 많지 않지만 살아있는 친구 중에서는 내가 가장 건강하거든. 가끔 모임이 있어서 나가면 친구들이 다 나한테 시킨다니깐. 너는 건강하니, 네가 커피 좀 타 와라. 휴지 좀 갖다 달라. 뭐 해 달라. 귀찮아 죽겠어. 구십이 넘었는데도 두 팔다리 모두 멀쩡해서 어디든 갈 수 있고, 여전히 무언가를 즐길 수 있는 기운이 있다는 건 이곳에서의 삶이었기 때문에 가능하지 않을까 싶어. 20년 전 내 선택에 대해 많은 말이 있었지만, 결국은 선구자였기 때문에 이런 혜택을 누릴 수 있는 거 아닐까?"

도경희 할머니와 같이 이곳에는 선구자의 혜안을 가지고 나이 들어가는 많은 분이 있다. 20년 전 도경희 할머니와 비슷한 시기에 이곳에 오신 최일숙 할머니는 오랫동안 살던 거실에서 다른 거실로 이사했다. 아직은 무엇이든지 혼자 할 수 있었지만 구십이 넘으면서 앞으로는 누군가의 도움이 필요할 때가 올 것으로 생각했고, 24시간 케어 도우미가 상주하고 있어서 언제든지 도움을 받을 수 있는 층으로 이사한 것이다. 오랫동안 고민하고 생각해왔던 할머니만의 새로운 시작은 많은 사람에게 영감을 주었다. 사실 할머니가 이사한 층은 그동안 낙인이 찍혀 있던 곳으로, 아픈 사람들만 사는 층이라는 인식이 강해서 아파도 그곳에 가기를 꺼렸다. 그런 상황에 최일숙 할머니의 이사는 오랫동안 바꾸기 어려웠던 어르신들의 인식을 단번에 바꾸는 계기가 되었다. 아픈 사람들이 사는 층이 아니라 앞으로의 노후를 대비하고 준비할 수 있는 층이라고 생각하게 되면서 이제는 수십 명이 대기하는 상황이 되었다. 최고의 선택을 위해 신중히 생각하고, 누군가의 눈보다는 내 마음이 중심이 되는 삶을 살아오셨던 할머니는 충분히 선구자로서의 혜택을 누릴 만한 자격이 있다.

앞으로 또 어떤 선택으로 자신의 시간을 알차게 가꾸어 갈지 기대되는 1세대 시니어 타운의 선구자들이다.

하숙생

부슬비가 내리던 어느 목요일 오후 7시. 가벼운 카디건을 걸친 김숙자 할머니가 문을 나선다. 바로 앞 건물에 있는 합창단 연습실로 가는 길, 오랫동안 함께 노래를 불러온 이웃들이 하나둘 모이면서 등교하는 아이들처럼 재잘거리는 목소리가 텅 비었던 복도를 꽉 채운다.

가녀리면서도 고운 향기가 나는 목소리를 가진 할머니는 오래전부터 우리 시니어 타운의 합창단 단원으로 활동하고 있다. 몇 년 동안 빠짐없이 가던 길이건만, 오늘 노래를 부르러 가는 길은 할머니에게 특별하게 기억될 것이다.

두 달 전, 할머니는 오랫동안 뇌졸중으로 투병하던 남편과 이별했다. 배우자를 돌보는 손길과 눈빛에서 애틋함이 가득 느껴지던 할머니였다. 수년의 시간 동안 김숙자 할머니는 어린 새싹을 키워내는 것처럼 할아버지를 돌봤다. 쏟은 정성만큼 쑥쑥 자라지 못하는 새싹이었지만 할머니는 우직하게 물을 주었고, 사랑을 주었고, 밝은 기운을 주었다. 영롱했던 할아버지의 커다란 눈망울이 기억에 선하게 남아 있는 건 아팠던 몸보다 밝았던 기운이 더 크게 느껴졌기 때문일 것이다.

할머니의 삶 모든 것은 할아버지를 위해 존재했다. 모든 시간과 공기와 에너지가 할아버지를 향해 흘렀지만, 그 가운데 할머니를 위한 단 한 가지가 존재했으니, 그건 바로 음악이었다. 일주일에 하루, 한 시간 동안 할머니는 음악으로부터 깊은 위로를 받았다. 할머니에게 주어지는 한 시간은 나머지 시간 전부를 할아버지를 위해 내어 줘도 지치지 않을 기운을 주었다. 이웃들과 소통하는 유일한 통로이자 자신에게 힘과 용기와 위로를 주는 그 시간이 할머니에게는 매일의 삶을 살아가게 해 주는 튼튼한 동아줄이었던 것 같다.

삶을 향한 긍정적인 자세와 어떤 일에도 당황하지 않고 침착하게 행동하는 모습, 전과는 완전히 달라진 배우자를 그저 있는 그대로 사랑하고, 의사소통이 잘되지 않았지만 다정하게 말을 걸며 늘 칭찬과 격려를 아끼지 않았던 할머니 모습은 유연하고 자연스러운 음악의 선율을 똑 닮았다. 할머니가 합창단의 단원으로 큰 무대 위에서 노래하는 모습뿐 아니라 자신의 곁에서 흥얼거리며 노래하는 모습을 할아버지도 참 좋아하셨다. 합창단에서는 매년 한 번씩 무대에 올라 이웃들을 위해 공연했는데, 공연 의상인 노란색 원피스를 입고 곱게 단장할 때면 할아버지는 사랑스러움을 가득 담아 어여쁜 눈으로 할머니를 쳐다보곤 했다. 노래는 할머니와 할아버지의 삶에 생기를 불어넣어 주는 오래된 친구였다.

어느 날, 매해 11월 즈음 열리는 공연을 앞두고 할아버지는 할머니에게 영원한 이별을 고했다. 삶의 모든 것이었던 남편과의 이별을 할머니는 인생의 자연스러운 과정이라 말하면서도 가장 사랑하고 친했던 반쪽을 보낸 헛헛함을 크고 깊게 느끼셨다. 늘 다른 사람을 먼저 배려하던 할머니는 그 와중에도 합창단에 함께하지 못하는 미안함을 표현하며 말씀하셨다.

"나 아무래도 이번 공연은 올라가지 못할 것 같아. 노래를 부르면 그 양반 생각이 나서 눈물이 나서 못 부를 것 같아. 같이 연습해 온 다른 사람들한테 미안하네, 그려…."

"그럴 것 같아요, 어머니. 왜 안 그러시겠어요. 근데요, 어머니. 저는요, 어머님이 노래를 흥얼거릴 때 참 좋아하셨던 아버님 모습을 기억해요. 마치 웨딩드레스를 입고 짜잔, 하고 나타난 신부를 보는 신랑의 눈빛이었던 것 같아요. 그래서 어머님이 씩씩하게 무대에 서서 고운 목소리로 노래를 부르는 모습을 아버님도 기다리고 계실 거라는 생각이 들어요."

"그래…, 참 좋아하셨어. 내가 흥얼거리고, 노래하는 모습을…. 한 번 더 고민해 볼게."

며칠 후에 할머니는 내게 공연에 함께하겠노라고 말씀하셨다. 자녀들도 공연하는 어머님의 모습이 보고 싶다며, 그날 꼭 오겠다고 했단다. 함께 기뻐해 주고, 함께 슬퍼해 준 이웃들의 응원도 할머니에게 많은 의지가 된 것 같았다.

할아버지와 사별하고 나서 처음으로 서는 무대 위, 합창단원들 속에 노란 원피스를 입은 김숙자 할머니가 서 있다. 〈고향의 노래〉, 〈그리운 금강산〉, 〈시월의 어느 멋진 날〉 등등 늦가을을 닮은 정겨운 노래 끝에 마지막 노래가 시작된다. 할머니가 눈물이 나서 못 부를 것 같다고 했던, 할아버지가 예쁜 눈으로 보고 들었던 노래, 〈하숙생〉이다. 눈물을 가득 머금은 할머니를 보니, 나 역시 눈시울이 붉어진다. 아마도 할머니는 오로지 무사히 무대를 마쳐야 한다는 생각에 입술을 깨물고 또 깨물고 있을 것이다.

인생은 나그넷길 / 어디서 왔다가 어디로 가는가

구름이 흘러가듯 떠돌다 가는 길에

정일랑 두지 말자 미련일랑 두지 말자

인생은 나그넷길 / 구름이 흘러가듯 정처 없이 흘러서

간다

-〈하숙생〉가사 중에서

1965, 노래 최희준

할머니는 씩씩하게 마지막 노래까지 부르고 공연을 마쳤다. 할아버지에게 보여주었던 밝고 환한 미소를 짓는 할머니를 보며, 포기하지 마시라고 말씀드리길 잘했다는 생각이 들었다. 늘 그랬듯이 노래는 할머니의 삶 속에서 큰 의미로 자리할 것이다. 새로운 용기와 에너지를 주는 노래를 통해 마음이 치유되고, 회복될 할머니는 내년에도 노란 원피스를 입고 공연에 올라 〈하숙생〉이라는 노래를 부를 것이다. 마음속에 늘 살아 숨 쉬는 남편이지만, 노래를 부르는 그 순간 남편의 향기가 더 진해질 것 같다. 노래를 부르는 3분이라는 짧은 시간 동안 하숙생처럼 할머니 곁에 머물다 가는 남편이기에.

이름이 주는 온기

"안녕하세요, 어머니. 저는 이연희 복지사입니다. 이사
하느라 고생 많으셨어요. 앞으로 어머님이 여기에 잘
적응하실 수 있도록 제가 많이 도와드릴 거예요. 어머
님과 이렇게 인연을 맺게 되어서 참 좋네요. 앞으로 잘
부탁드릴게요."

"아이고, 내가 잘 부탁드려야지. 선생님이네, 선생님!
선생님이라고 부르면 될까요? 어떻게 부르면 좋을까?"

"이 복지사라고 불러주시면 돼요. 연희 씨라고 부르셔
도 되고요."

"이 복지사, 이 복지사. 입에 잘 붙지는 않지만 연습해
볼게요."

처음 만나는 어르신에게 나는 복지사라고 자신을 소개한다.
복지사라는 직업과 호칭이 익숙하지 않은 어르신들은 한동안

은 복지사라고 부르다가도 이내 어색해져 저마다의 방식으로 나를 부른다. 이 복지사, 복지사님, 이 선생, 미스 리, 그리고 내 이름인 연희야. 어떤 이름으로 불리든 나, 이연희이기 때문에 어르신들이 부르는 이름에 따라 복지사도 되었다가 선생님도 되었다가 미스 리가 되기도 된다. 어르신들이 사용하는 호칭에는 나름의 이유가 있고, 무엇보다 어떤 마음에서 그리 부르는 것인지 알기 때문에 흔쾌히 일인다역을 자처한다.

김연자 할머니도 그런 분 중의 한 분이다. 할머니는 70대 초반의 나이에 이곳에 오셨다. 유일한 가족이라고 소개해 준 여동생의 도움을 받으며 많지 않은 세간을 정리하던 할머니는 차가웠고, 날카로웠다. 경계하는 눈빛으로 눈에 보이지 않는 선을 그은 할머니는 가시로 둘러싸인 것 같았다. 조금만 다가가도 찔릴 것 같았기에 가까이 다가가기 어려웠다. 때로는 시간이 유일한 답일 때가 있다. 할머니와 가까워지기 위해서는 시간이 필요했다. 매일매일 조금씩 할머니에게 필요한 일들을 도와주며 나는 할머니와 짧은 대화를 나누기 시작했다. 할머니는 아픈 기억이 많은 분이었다. 그 기억은 세월이 갈수록 더 깊어져서 할머니를 힘들게 했다. 다 체념한 것 같은 얼굴로 할머니는 절대로 다른 사람들과는 어울리지 않겠다고 결연하게 말했다. 노인들과 얘기할 때는 꼭 자녀와

손자들 자랑이 빠지지 않는다고 하면서 본인은 그런 것이 없으니 할 얘기가 없고, 그래서 만나지 않겠다고 하신 것이다.

할머니는 혼자였다. 의도했던 것은 아니다. 할머니도 한때는 평범한 주부였고, 남편과 두 딸과 오붓하게 살았다고 한다. 어릴 때부터 아팠던 작은딸이 늘 마음이 쓰였고, 병원에 다니느라 여행 한 번 가본 적 없었지만 그래도 모든 것에 감사하던 때라고 했다. 20대의 젊은 나이에 보낸 작은딸과의 이별은 언젠가는 다가올 미래였기에 아프고 힘들었지만 받아들일 수밖에 없었다고 했다. 뇌경색으로 긴 시간 병상에 누워있는 남편을 간호할 때만 해도 그럴 수 있다고, 내 몸이 건강하고, 건강한 큰딸이 있으니 충분히 내가 감당할 수 있는 삶의 무게라고 여겼다고 했다. 그런데 갑작스러운 희귀병으로 큰딸이 중환자실에 있다가 몇 달이 채 안 되어 떠났을 때 할머니의 삶은 무너졌다고 했다. 할머니가 할 수 있는 건 아무것도 없었다. 시간, 돈, 기도, 노력, 할머니가 쏟을 수 있는 모든 것을 쏟아부었지만 끝이 이별인 건 모두 같았다. 대대손손 독실하게 종교를 가지고 자라왔다는 할머니는 가족을 모두 보내고 나서 더 이상 신을 믿지 않는다고 했다. 한숨이 가늠할 수 없는 무게를 가질 수 있다는 걸 나는 할머니를 보고 알았다.

"신이 있다면 나에게 이럴 수 있을까…, 신은 없어. 정말 있다면 이럴 수는 없는 거야."

누구도 할머니의 심정을 이해할 수 없었다. 경험해 보지 않았으니까. 할머니의 삶은 살아있는 삶이 아니었다. 할머니를 둘러싼 공기는 허망함과 적대감, 무기력함으로 가득 차 있었고, 어느 날 갑자기 할머니가 스스로 삶의 끈을 놓는다고 해도 전혀 이상할 것이 없었다.

필요한 것들을 도와주려고 할머니의 집을 찾았던 나는 할머니를 안아주고 싶어서 계속 방문하기 시작했다. 오래된 기억 속에 갇힐 수밖에 없는 삶의 이야기를 들어주었고, 나올 때는 오늘도 많은 이야기를 해 줘서, 하루를 잘 보내주어서 고맙다고 꼭 안아 드렸다. 그저 들어주고, 안아주는 것만이 내가 할머니를 위해서 할 수 있는 일이었다. 나는 할머니의 삶에 조금이나마 따뜻한 온기가 있기를 바랐고, 아직은 살아갈 시간이 많은 할머니의 일상이 잘 흘러가기를 바랐다.

어느 날은 어떻게 해도 나가지 않으려는 할머니를 어렵게 설득해서 함께 산책로에 나갔다. 할머니는 날씨가 어떻게 변하는지, 계절이 어떻게 가고 있는지 몰랐다. 기분 좋게 차가운 공기와 어떤 감정을 쏟아 내어도 받아줄 것 같은 초록의 숲과 생기를 불어넣어 주는 나무의 향기는 어린아이의 걸음마 같이 할머니를 한 발 한 발 내딛게 했다. 변하지 않는 숲이 좋은 친구가 되어 줄 것 같아서 나는 할머니에게 부탁했다. 매일 아침 산책로에 나와서 걸어 달라고. 할머니는 그 부탁을 잘 지켜 주었다. 며칠 전, 1층에서 만난 할머니가 오늘은 비가 와서 땅이 질어 산책로에 나가지 못했다며 아쉬워하셨다. 그 모습이 내게는 다른 어떤 것과 비교할 수 없는 감동을 주었다.

이제 나는 할머니 집을 매일 찾지 않는다. 산책로에서 만난 이웃들이 할머니의 마음을 어루만져주고 있다. 같이 걷기도 하고, 할머니 집에 찾아가 담소를 나누기도 한다. 이제는 내가 낄 자리가 점점 없어지는 것 같다.

오늘도 부지런히 산책을 나온 할머니가 날 반갑게 부른다.

"연희야!"

할머니에게만큼은 내 이름으로 불리는 것이 참 좋다. 이름을 부르는 할머니의 마음을 알기에 두 손의 엄지를 치켜세우며 할머니의 하루를 응원해 드린다.

'오늘 하루도 우리 잘살아봐요, 김연자 할머니!'

완전한 행복은 아니더라도, 일상의 소소한 행복을 느낄 수 있는 시간이 할머니에게도 점점 다가오는 것 같아서 참 다행이다.

내일을 위한
비밀 노트

어느 날 TV에서 60세가 채 되지 않은 어머니와 아들 부부가 대화를 나누는 장면을 본 적이 있다. 이제 막 노년의 세계로 접어든 어머니는 안타깝게도 초기 치매를 겪고 있었다. 혼자 사는 어머니는 아직 일상생활에 큰 어려움이 없었고 지인의 배려로 일도 하고 있었다. 30대 초반의 아들과 며느리는 효심이 극진했다. 경제적으로 어려운 형편에도 이들은 한사코 합가를 거부하는 어머니를 설득했다. 나중에 어느 날 갑자기 혼자 나갔다가 집에 돌아오는 방법을 까먹으면 어쩌하느냐며, 점점 혼자서는 약을 챙겨 먹는 것도 힘들어질 것이라며, 어머니에게 함께 살자고 사정하다시피 설득했다. 젊은 시절에 치매에 걸린 할머니를 돌봤던 경험이 있는 어머니는 아들과 며느리에게 짐이 되기 싫었나 보다. 절대로 함께 살지 않겠다며, 나중에 상황이 나빠지면 요양병원에 보내 달라고 이야기하는 장면이 이어졌다.

직업 탓인지 모르겠지만, 나는 이 장면을 보면서 만약에 정말 치매 행동이 점점 심해진다면 어르신에게는 요양병원보다는 요양원이 더 적합하겠다고 생각했다. 요양병원은 그야말로 치료를 목적으로 하는 병원이고, 요양원은 돌봄을 목적으로 하는 시설이기 때문이다. 병원 앞에 요양이라는 단어가 붙어 있어서인지 많은 사람에게 요양병원은 노인들이 가는 곳이라는 인식이 강하지만, 요양병원은 사실 나이에 상관없이 재활이나 장기간의 치료가 필요할 때 이용하는 병원이다. 치매는 치료도 중요하지만, 세심한 돌봄이 더 필요한 병이니만큼 어르신에게 적합한 곳은 정확히 말해 요양병원이 아니라 요양원인 셈이었다.

고집을 꺾지 못해, 병원이든 시설이든 어머니를 누군가의 손에 맡겨야 하는 때가 되면 아들도 자연스레 알게 될 정보였다. 그렇지만 뭐든 미리 알고 준비하면 손해 보지 않는 세상이다. 아직은 스스로 생각하고 결정할 수 있는 인지 기능이 남아 있는 어머니도, 그리고 어머니를 모시며 돌보겠다는 넉넉한 마음을 가진 아들과 며느리도 나중을 위해 요양원에 관해 공부하고 잘 알아보았으면 좋겠다고 생각했다.

전국에는 3,500개가 넘는 요양원이 있다. 다다익선이면 좋으런만 아쉽게도 현실은 그렇지 않다. 쾌적하고 편안하며, 정성 어린 서비스를 제공하면서도 비용이 합리적인 요양원을 찾는 일은 꽤 어렵다. 내가 괜찮다고 생각하는 시설은 누구나 선호하는 곳이어서 필요할 때 바로 입소하지 못할 가능성이 크고, 설사 대기한다고 해도 일 년이 넘는 시간을 기다려야 할 수도 있어서 요양원에 관해 정보를 수집해 미리 대기를 걸어 놓는 것이 현명한 방법이다.

그런 점에서 이난영 할머니는 장래를 위해 차근차근히 준비하고 있는 분이다. 몇 년 전부터 할머니는 연초가 되면 나를 찾아와 같은 질문을 반복하신다.

"지금은 괜찮지만, 나중에 내가 아파졌을 때가 걱정돼요. 아파지면 나는 어디에서 어떤 도움을 받으며 살 수 있나요?"
"근처에 요양원이 하나 생겼다는데 어떤 곳인가요?"
"아무래도 나보다는 복지사가 많은 정보를 알 텐데, 요양원 중에서 어디를 추천해요?"
"요양병원과 요양원은 무슨 차이가 있어요?"

이제 막 80대에 접어든 할머니는 건강하고 재미있게 노년을 보내고 있다. 누구의 도움을 받지 않아도 독립적인 생활이 가능하고, 스스로 건강을 유지하기 위한 나름의 노력을 기울이고 있어서 건강한 90대를 맞이할 가능성도 매우 커 보인다. 그러나 할머니는 건강한 90대를 기대하면서도 건강하지 않은 90대까지 계획할 줄 아는 분이다. 자녀와의 관계도 남부럽지 않게 좋지만, 할머니는 건강하지 않게 되어 자녀에게 짐이 되지 않기를 바랐다. 그래서 더욱 철저히 계획하고 대비하고자 하는 마음이 있으셨던 것 같다.

할머니는 나를 공부하게 만드는 분이다. 정확하고 좋은 최신 정보를 주기 위해서 나는 제도의 개선이나 새로 생긴 시설에 관한 정보를 놓치지 않으려 애쓰고 있다. 노인 장기 요양 등급을 준비하는 데 필요한 서류, 인터뷰에 응하는 방법, 서류를 접수하는 방법, 등급별로 받을 수 있는 경제적인 혜택과 서비스, 장기 요양 등급을 가지고 이용할 수 있는 시설 등. 할머니는 알려드리는 내용을 본인의 비밀 노트에 꼼꼼히 적고, 일부 시설은 직접 가보기도 하신다. 입소 절차와 비용을 문의하고, 많은 시설 가운데 본인이 나중에 살기가 좋겠다고 생각하는 요양원의 리스트를 완성해 나간다. 자녀들에게도 아프면 갈 곳을 미리 정해 놓았으니, 엄한 데 보내지 말고 꼭 적어 놓은 곳 중 한 곳으로 보내 달라는 당부도 잊지 않으신다. 처음에는 대수롭지 않게 들었던 자녀들도 세월이 흐를수록 할머니의 이야기를 귀담아듣고, 미리 찾아놓은 요양원을 함께 가보기도 한단다.

할머니가 구십이 되었을 때 지금과 같은 건강을 유지하고 있다면 계속 이곳에서 살 것이고, 건강에 변화가 생긴다면 주저 없이 수첩에 적어놓은 요양원 또는 요양병원 중 한 곳으로 가게 될 것이다. 일 년, 몇 개월, 아니 며칠 후의 일도 예상할 수 없는 것이 노년의 시기이다. 함께 식당에서 밥을 먹던 이웃이 보이지 않으면, 어르신들이 '그이 말이야, 저세상 갔어?'라고 묻는 게 전혀 이상하지 않다. 대부분은 그 물음에 대한 대답이 No이지만 Yes인 경우도 종종 있는 것이 안타까울 뿐이다.

무엇이든지 갑작스러운 변화는 준비해 놓지 않았다면 당황스러울 수밖에 없다. 모든 면에서 항상 신중하고 계획성 있는 이난영 할머니는 자신의 노년기를 아주 신중하게 계획하고 있다. 몇 년간의 정보가 깨알 같이 수집되어 있고, 매년 새로운 내용으로 업그레이드된 비밀 노트는 아마도 할머니의 보물 1호가 아닐까 싶다. 마지막까지 내가 주인이 되는 삶을 살고자 하는 사람이라면, 누구나 보물 1호가 될 만한 비밀 노트 하나씩은 있었으면 좋겠다.

1년의 세월

뇌경색으로 1년 조금 넘게 투병한 아내를 보내고, 김두진 할아버지는 이곳에 오셨다. 아내를 보낸 지 두 달이 채 되지 않은 시점이었다. 급하게 온 것 같은 느낌이 다분히 느껴졌던 건 할아버지의 짐이 너무 단출했기 때문이었다. 싱글 침대와 2인용 소파, 몇 가지의 옷과 세제가 할아버지가 들고 온 짐의 전부였다.

아내와의 사별은 75세의 할아버지가 생각하기에는 비교적 이른 이별이었다고 한다. 건강했던 아내였기에 병이 찾아오고 난 후 먼 곳으로 보내기까지 믿기 힘든 나날의 연속이었지만 마지막을 보냈던 요양병원에서 한창 살 나이의 젊은 부부들이 사별하는 모습을 보며, '그래도 나는 살 만큼 살고 헤어지는구나'라는 생각에 현실을 받아들일 수 있었다고 한다.

할아버지는 초췌해 보였고, 많이 지쳐 있었다. 아내가 얼마나 큰 존재였고, 의미였는지 할아버지는 온몸으로 느끼고 있는 것 같았다.

"아버님, 경황도 없으셨을 텐데, 이사까지 준비하시느라 고생이 많으셨겠어요. 어머님 생각, 많이 나시죠? 아버님의 눈만 봐도 얼마나 그립고 보고 싶은지 알 것 같아요."

"그렇지, 뭐…. 한평생 같이 산 사람이니까…. 아내가 정말 건강했었는데…. 병에 걸리고 나서 딱 1년이야, 1년. 이렇게 가게 될 줄은 몰랐어. 어휴, 그런데 아이들은 나랑은 조금 다른 것 같아. 저들 가정이 있고, 할 일이 많아서 그런지 생각했던 것보다는 빠르게 안정을 찾아가는 것 같아…."

왠지 모를 서운함과 쓸쓸함이 느껴졌다.

할아버지는 아내가 떠난 후에 함께 살던 집에 들어가지 못했다고 하셨다. 굳이 그 이유를 말하지 않아도 어떤 마음일지 짐작이 갔다. 몇 달을 아들의 집에서 보내다가 스스로 이곳을 선택해서 오셨다는 할아버지는 크게 고민하지는 않으셨던 것 같다. 그저 어디에도 짐이 되고 싶지 않은 마음으로 숙식이 해결되는 곳을 찾아오신 것 같았다.

할아버지에게 이곳은 기대했던 것처럼 숙식은 해결되었다. 하지만 거기까지였다. 목수였던 할아버지는 사회생활이나 집단생활이 익숙하지 않은 사람이었고, 용기를 내어 이웃에게 다가가기도 했지만, 마음에 맞는 사람을 만난다는 건 꽤 어려운 일이었다.

한동안 할아버지는 집과 식당만 오가며 생활하셨다. 가끔 서울에 나갔다 오는 일도 있기는 했는데, 그건 정말 일을 보기 위한 외출이었다. 오래된 친구들과 술이라도 한잔 기울이고 오시면 좋으련만 그런 일은 없었다. 그냥 흘러가는 시간이 아까워서 나는 할아버지가 할 법한 당구, 바둑, 게이트볼과 같은 취미 활동을 소개해주기도 했는데, 할아버지는 그런 것들에 대해 고마워하면서도 항상 나중으로 미뤘다.

세월은 빠르게 흘렀고, 할아버지가 이곳에 오신 지도 1년이 조금 넘었다. 여전히 할아버지는 주로 집과 식당을 오가며 생활하고 계신다. 좋아하는 취미 활동이 생기지도 않았고, 눈에 띄게 할아버지의 일상에 변화가 생긴 것도 없다. 그래도 할아버지가 이곳에 처음 오셨을 때보다는 덜 쓸쓸해 보인다. 가끔 벤치에 앉아 이웃들과 대화를 나누는 할아버지의 모습을 보곤 하는데, 할아버지는 먼저 다가가 말을 붙이고,

허허 웃으며 대화를 나눌 정도의 여유가 생긴 것 같다.

"복지사가 저번에 얘기했던 당구장 말이야. 몇 번 가봤어. 아직 사람을 사귀지는 못했지만, 시간이 지나면 점점 사귀게 되겠지. 또 내가 할 수 있는 게 없을까? 다른 사람들은 뭘 하면서 지내는지 모르겠네. 하루가 심심해. 뭐든지 소개해 줘."

하루가 심심하다고 이야기하는 할아버지의 모습이 무척 반갑다. 아픈 아내와 함께했던 시리지만 아름다웠을 1년의 세월만큼 혼자된 삶으로 돌아오기까지 꼬박 1년이라는 시간이 걸렸다. 갑작스러웠던 아내의 마지막을 받아들이고 충분히 애도하며, 마음으로 그리는 시간을 거쳐 할아버지는 이제 다시 일상을 시작할 준비가 되어 보인다. 조금씩 조금씩 혼자의 시간을 알차게 채워 갈 할아버지의 일상이 기대되고, 무한히 응원한다.

심심하다고 말해주어서, 뭐라도 하고 싶다고 말해주어서, 느리지만 조금씩 일상으로 되돌아와 주어서 할아버지가 참 고맙다. 1년 후 할아버지의 일상은 어떻게 달라져 있을까.

제5부

우리들의
이야기

지금은 인생 80년 시대

김건열

'인생칠십고래희人生七十古來稀'라는 옛말이 있는데, 이는 '나이 일흔은 예로부터 드문 일'이라는 말에서 유래한다. 그러나 21세기 현금의 시대는, 평균 수명 80세를 지나 100세 장수 시대에 접어들고 있다. 그야말로, 지금까지 장수의 대명사인 '고희古稀 생일잔치'는 옛일이 되고 있다. 나이 80세 고비를 넘겨서 건강한 노후를 유지하는 것은 자기 자신의 책임이자 운명이다. 그리고 그 이후의 인생은 나 혼자만의 것이 아니라 부모, 자녀, 형제자매 모두가 함께 살아가는 여정이다.

2020년 기준, OECD 보건 통계에 따르면, 인간의 평균 수명은 81세이고 아직 100세를 넘어 사는 사람은 그렇게 많지 않다. 최고령자는 122세까지 생존한 프랑스 여인으로 알려졌다. 지구상에는 다섯 곳의 대표적인 장수 지역이 있는데, 그중 아시아는 단 한 곳뿐이다. 바로 일본의 '오키나와'라는 지역이다. 나머지 네 곳은 이탈리아의 '사르데냐', 코스타리카의 '니코야', 미국 캘리포니아의 '로마린다', 그리스의 '이카리아' 등이 꼽힌다.

일본 오키나와 사람들의 생활 특성은 가족을 향한 사랑과 유착, 지역 주민 간의 강한 공동체 유대감이라는 지역 사회 문화가 작동하는 것이다. 크고 작은 일에 협동하여 지역 문화를 유지하면서 육체 활동을 많이 하는 근로생활勤勞生活과 채식이나 우리 주변에서 어렵지 않게 구할 수 있는 오징어, 새우, 전복, 생굴, 문어, 게 등의 해산물 위주로 섭취하는 식생활을 건강한 삶의 기본으로 삼고 있다. 그러한 생활 양식으로, 오키나와 여인들은 100세 이상 건강한 삶을 누리며 여생을 살아간다.

이제 사람의 천수는 120세라고 하는 시대이며, 인생 80대는 '인생 마무리 시기', '유종의 미를 준비해야 할 시기'라고 한다. 인생에서 유종의 미를 거두려면, 미리 준비하고 마련해야 할 마지막 일과업이 있다. 무엇보다 식생활 개선, 깨끗한 주거 환경, 심신이 감내해야 하는 스트레스 감소가 장수의 밑거름이다. 이 세 가지 중 으뜸은 '마음의 관리'인데, 노년의 삶 속에 마음의 평정平靜을 찾는 것은 보약이나 다름없다. 이를 얻기 위해서는 수시로 어디서나 명상暝想을 해야 한다.

고어古語에 노인의 모습을 여덟 가지로 나눈 팔대노인八大老人이라는 말이 있는데, 1. '신선'처럼 사는 노인인 노선老仙, 2. 학처럼 사는 노인인 노학老鶴, 3. 동심童心으로 사는 노인인 노동老童, 4. 문자 그대로 늙은이로 사는 노인인 노옹老翁 등을 일컫는다. 소망하건대, 사는 날까지 노선老仙까지는 못 돼도 노학老鶴과 같이 사는 노동老童이 되고 싶다. 그런 소망을 실현하기 위한 삶의 마지막 여정을 이곳에서 이뤄가고 있다.

100세로 가는 길

유정혜

내가 이곳에 온 지 어느덧 20년이 되었다. 전혀 긴 시간이었다고 생각되지 않음은 그동안 편안하고 행복하게 살아왔다는 뜻이겠지.

70대에 이곳에 왔고 지금은 90대가 되었다. 나는 아침 일찍 일어나 새들의 노랫소리를 벗 삼아 산책하며 100세가 될 머지않은 미래로 걸어간다. 봄이면 얼었던 땅을 비집고 돋아나는 새싹들이 신기하다. 녹음이 우거진 여름, 단풍이 물든 낭만의 가을, 파란 하늘을 배경으로 그림의 한 폭처럼 마른 가지들이 뻗어 있는 겨울의 정경들이 내 마음의 평안을 이끌어 주기에 나는 이 시간을 즐긴다. 산책을 마치고 와서 신문도 보고, 서툰 솜씨로 그림도 그려보고 더러는 독서도 하고 퍼즐 놀이도 하며 집중력을 키운다. 우울증이 생기지 않게 하려고 나는 매일 부지런히 움직인다.

나는 이곳에 와서 생의 많은 것을 느끼고 배웠다. 지난 20년의 세월이 내 마음을 어떻게 다듬어 가며 나이 들어가야 할지 많은 생각을 하게 했다. 70년, 80년의 세월을 다른 환경 속에서 살아온 사람들과 함께 생활하기는 때로 어렵기도 하다. 축적된 세월만큼 각기 생활 양식도, 사고방식도 다르기 때문이다. 그런데도 나름대로 별문제 없이 매일의 일상이 시작되는 것은 교양의 문제가 아닌가 생각한다.

교양은 거창한 것이 아니다. 그저 서로 이해하고, 안 좋은 이야기는 그냥 넘겨 버리고, 내 자랑을 많이 하지 않는 것이 나는 교양이라고 생각한다. 그런 마음으로 살아가기 위해 나는 마음을 다스리는 기도에 힘쓴다. 모든 사물을 부정이 아닌 긍정적인 안목으로 관찰하려고 노력한다.

나는 끝까지 자식들과 주위 사람들에게 부담을 주지 않는 삶을 살고 싶다. 지금까지 건강하게 삶을 이어온 것처럼, 매일 같은 일상을 반복하며 부지런히 움직이고, 교양 있는 마음으로 살아가기 위해 노력할 것이다. 그것이 내가 진정으로 바라는 100세로 걸어가는 길이니까.

도전은 계속된다

송성자

직업이 다양해지고 수명이 길어지면서 직장과 정년의 개념
은 달라지고 있다. 공무원이나 교직자들은 60세 전후에 은퇴
하고, 연예인이나 체육인은 30대에도 은퇴한다. 100세 시대
에는 은퇴 이후에 50년 이상을 살 것 같다. 경제 활동과 사회
활동 기간도 수명에 따라 연장할 수밖에 없다. 은퇴 이후에
는 나이, 건강, 경제력 등에 따라 차이가 나지만 경제 활동,
취미 생활, 꿈꾸었던 것을 하는 것이 바람직하다고 전문가들
은 강조한다. 노블카운티는 노후의 삶에 활력을 주는 프로그
램을 운영해서 입주자들이 배우며 도전하도록 적극적으로
지원하고 있다.

직장 생활을 했던 나는 은퇴한 후 넓은 화실에서 그림 작
업에 몰두하는 것이 꿈이었다. 이곳에 방문한 첫날 문화센터
에 있는 넓은 화실을 보고 꿈을 펼치고 싶은 동기가 생겼다.

입주하자마자 문화센터의 미술 서양화반에 등록하고 그림 그리는 작업을 했다. 입주자 전용 화실이 별도로 있으므로 출근하듯이 화실에 갔고, 밤이 늦도록 그림을 그리며 작업에 몰두할 수 있었다. 비전공자인 나는 그림을 통해 생각하는 메시지를 표현하기 위해 10년 이상 지도받아온 교수와 문화센터 강사의 지도를 이중으로 받았다.

나의 꿈이 현실로 이루어지면서 생활에 활력이 생겼다. 시간이 있을 때마다 그림을 그리는 나를 보는 복지사와 이웃들은 "항상 활기차고 즐겁고 행복해 보인다"라고 인사했다. 몇 년 동안 그림 작업과 국내외 전시회에 참여하고, 주요 미술대회에서 수상하며 경력을 쌓아갔다. 관람객들은 그림에 숨은 내면의 에너지를 느끼고, 그림을 통해 전달하려고 시도한 메시지인 '내면의 에너지와 생명력'을 느낀다고 반응했다. 나에게는 최상의 격려였고 보람이었다.

개인 전시회를 열 때마다 관람해준 이 복지사는 수상 축하와 관람 후기를 글로 써주었는데 나에게는 감동적인 선물이었다.

"미술대전에서 특선한 것을 축하합니다. 그림을 보면
   강렬하고도 묵직한 색감이 가득한 이유를 알 것 같고,

여러 화가의 작품 가운데서도 송 화가의 그림은 단연 눈에 띕니다. 역동적인 색과 과감한 붓 터치로 강한 생명력을 표현한 그림은 인상적이고 강렬하여 마치 작품 속으로 빨려 들어가는 느낌을 줍니다. 처음에는 강렬한 색에 압도되어 보게 되었지만, 그림 속의 자연을 보고 있노라면 생각의 무게를 내려놓게 되고 모든 것이 편안해져서 자꾸만 다시 보게 만드는 마력이 있습니다."

친구들과 이웃들은 나에게 열정적으로 그림에 폭 빠지게 된 이유를 궁금해했다. 처음에 나는 이유 없이 그냥 좋아서 그림을 그렸다. 10여 년이 지나 처음 개인전을 마치고 전시했던 작품을 가정 폭력 상담소와 사회 복지 시설에 기증했다. 오래전에 가정 폭력 상담소와 가정 폭력 피해자 보호 시설 쉼터 소장으로 자원봉사 활동을 했다. 입소자들은 깊은 상처를 입었고 열등감과 우울감에 빠져 있었다. 상담소와 쉼터의 벽에는 아무것도 없어 오래 비워둔 방같이 온기가 없었다.

나는 풍경 사진을 준비하여 입소자들에게 나누어 주었고 그들은 벽에 붙였다. 다음 주에 갔더니 입소자들은 덕분에 방 분위기가 밝아졌다고 말했다. 그들은 그림에 관해 이야기하면서 말하기 힘들었던 것을 솔직하고 자연스럽게 털어놓았다. 나는 쉼터에 그림을 기증했고, '그림을 보는 사람에게 아름다움, 에너지와 힘, 의지와 용기를 주고 싶은 마음으로 그린 것'이라고 설명했다. 의외로 입소자들의 반응은 긍정적이었다. 그들은 "그림을 날마다 보면서 어떤 힘을 느꼈고, 나 자신의 삶을 살고 싶다는 마음이 들었다"라고 말했다.

누군가가 내 그림을 보면서 의지를 갖고 살아야겠다고 생각한 사실은 나에게 감동이고 보람이었다. 그들은 대부분 많은 상처가 있으며 심리적으로 위축되어 있고, 다시 시작할 수 있는 희망과 용기가 필요하다. 새로운 삶에 도전할 수 있는 의지와 용기를 주는 그림을 그리는 것을 나는 목표로 정했다. 그 이후 그림 자료를 좀 더 창의적으로 만들고, 그림을 통해 전달하려는 메시지에 관해 고민했다. 작업을 진행하다 중단하기를 여러 차례 했고, 용달차에 그림을 싣고 지도 교수에게 지도받으러 가기를 몇 차례 반복하며 진행했다. 결국에는 미술 전공자도 수상하기 힘든 '대한민국 미술대전 구상부분 특상'을 수상했다.

내가 그림으로 표현하려는 것은 나무나 꽃의 표면적인 것보다는 '내적이고 영적인 아름다움과 에너지'다. 신체적, 정신적으로 심한 상처를 받은 사람에게 절망과 좌절 그리고 비

통함만 있는 것은 아니다. 아름다움과 에너지는 심한 고통 때문에 숨은 것이고, 언젠가는 표면으로 나타날 수 있다고 믿는다. 그림을 통하여 누구에게나 내적 아름다움과 에너지가 있음을 알도록 자극하고 다시 살리는 의지와 에너지를 주고 싶었다.

나의 그림은 시니어 타운 1층 로비에 걸려 있고, 가정 폭력 피해자들을 돕는 센터에도 걸려 있고, 마음이 힘든 사람들이 찾는 상담 센터에도 걸려 있다. 시니어 타운 로비를 드나드는 입주자들은 그림을 보면 볼수록 에너지를 느끼고 활력을 느낀다고 나에게 말한다. 그러한 반응은 나의 메시지가 이미 전달된 것이고 마음과 마음이 통한 것이라고 믿는다.

코로나-19로 인해 2020년 3월부터는 학교나 문화센터 등 그림을 그리던 화실 출입이 통제되었다. 계획했던 전시회는 취소되고, 사진 촬영하러 다니는 것은 상상할 수도 없었다. 한국만이 아니라 세계적으로 코로나 확진자와 사망자 수가 증가하는 상황에서 그림을 그리고 싶은 마음은 아쉬움으로 변했다. 우울하고 불안하면 하루에도 몇 번씩 산책하며 하늘의 구름과 산을 바라보았다. 몇 달을 방황하고 고민하면서 다시 새로운 도전을 계획하기 시작했다. 화실을 다시 자유롭게 사용하는 것은 거의 불가능하고, 사진 자료 만들고 장시간 그림 작업하는 것에 체력의 한계를 인정하기로 했다.

그림을 통해 의사소통하고 그림으로 표현하려 했던 메시지를 글로 표현하기로 했다. 나는 수필 쓰는 법을 공부해 글 쓰는 것에 새롭게 도전하기로 했다. 수필에 관한 책을 보고 유튜브를 통해 강의도 들었다. 책 읽어주는 서비스를 이용해 단편 소설, 시, 수필, 심사평 등을 듣고 신문을 열심히 읽는다. 책 읽어주는 서비스에 없는 책은 인터넷으로 주문해서 읽는데 눈이 피곤해서 예전만큼 진도가 나가지 않는다.

수필을 쓰고 싶으면 처음부터 무조건 쓰면서 여러 작가의 수필만이 아니라 소설과 시를 읽으며 이론을 공부하라고 강사들은 말한다. 하루 시간은 집에만 있어도 바쁘다. 문화센터 임 팀장과 이 복지사, 직원들의 격려가 없다면 용기 내 시작한 새로운 도전을 계속하기는 어려울 것 같다. 1년 전에 쓴 수필을 읽어보면 내가 얼마나 발전했는지 보인다. 그래서 오늘도 조금이나마 글을 읽고 쓰면서 나의 도전을 계속한다.

인생 3막

조백기

인생을 연극에 비유하면 3막 극이라고 생각한다. 1막은 부모 밑에서 보호받으며 교육받고 독립을 준비하는 기간이며, 2막은 부모에게서 독립하여 가정을 이루고 취향이나 능력에 따라 전문 분야나 직장에서 일하는 기간이고, 3막은 정년퇴직 이후 자녀 부양의 책임에서 벗어나 부부가 함께 여유롭게 살 수 있는 기간이라고 생각한다.

1막과 2막에서는 많은 사람의 생각이나 가는 길이 비슷하여 내일, 한 달 후 또는 1년 후 무엇을 해야 할지 예측할 수 있고 준비할 수도 있다. 그러나 3막에서는 지난 수십 년 동안 해오던 일과 의무감에서 갑자기 단절되니 가야 할 길을 정하지 못하고 당황하거나 헤매기에 십상이다.

2011년에 정년퇴임하고 4년 더 근무하다가 2015년 8월에 40여 년간 학생으로, 전공의로, 피부과 교수로 재직하던 가톨릭의대에서 퇴직하며 교실원들과 나눈 작별의 말이 생각난다.

"······ 나의 인생 3막에서는 의사나 교수가 아니라 옛 동료나, 또는 환자로 만날 수 있기에 여의도성모병원은 역시 중요한 무대의 하나가 될 것입니다. 그러나 주 무대는 산이나 들이 되겠지요. 아내에게 제3막의 기획과 연출을 맡기고 함께 즐겁고 보람 있는 시간으로 우리의 뜻과 무관하게 막이 내릴 때까지 채워나가겠습니다."

무대가 집과 둘레길과 수목원 등으로 바뀐 후 조금은 적응하는 시간이 필요했지만 이제까지 보던 세상과는 조금 다른 멋진 세상이 바로 곁에 있음을 깨닫게 되었다. 들이나 길가 어디서나 흔히 보는 애기똥풀도 처음 알게 되었고 20여 년을 아까시나무로 알고 있었던 병원 앞 가로수가 회화나무인 것을 알고는 실소를 금할 수가 없었다. 부모님이 주신 귀한 선물을 한동안 잊고 있다가 풀어보고는 "이 멋진 선물을 어떻게 그렇게 오랫동안 열어보지 않았을까?" 하고 놀라게 된 그런 느낌이었다.

아내가 기획하는 대로 여행도 다니며 친구들도 자주 만났으나 무엇인지 모를 허전함을 느끼고는 하였다. 그러나 1주 1회 영등포역 부근에 있는 요셉의원에서 진료 봉사를 시작하면서 첫 번째로 규칙적인 일과가 생기고 3막의 무대가 안정된 기분이다. 요셉의원은 1987년에 대학 선배이신 선우경식 선생님이 사재를 털어 시작한 가난하고 병들어 사회에서 소외된 이들을 위한 자선 의료 기관이다. 지금은 서울가톨릭사회복지회에서 운영하고 있고 연인원 90여 명의 의료 봉사자가 봉사하고 있으며, 나도 그중 한 명으로 2011년에 등록하였다.

많은 의사가 자선 진료를 시행하는 것은 어쩌면 그동안 환자분들께 진 빚을 갚는다거나 감사를 드리고 싶은 마음에서일 것이다. 사업가가 고객에게 늘 감사하는 마음을 갖는 것은 경영 전략의 자료를 제공하는 것이 고객들이기 때문이며, 의학 임상 교과서의 내용 대부분은 환자들이 제공한 데이터를 정리해 기록해 놓은 것이기 때문이다. 그 내용은 끊임없이 새로워지고 그 정보를 바탕으로 하여 축적된 자기의 경험을 전수하는 것이 교수의 역할이니, 나 또한 많은 빚을 진 셈이다. 전공의나 학생들에게도 기회 있을 때마다 감사하는 마음을 가질 것을 강조하였다. 하나님과 부모님과 그리고 은사님께 감사하는 것은 누구에게나 해당하는 기본이지만, 의사는 한 가지 더 환자분들께 감사하는 것을 잊지 말 것을 당부하였다. 그동안 축적된 지식과 경험을 바탕으로 진료해야 하는 의사는 언제나 최선을 다하지만 완벽한 진료에 이르기는 어려우므로 알게 모르게 빚을 지게 된다고 생각한다.

우리는 평생 이웃과 더불어 살아야 해서 많은 사랑의 빚을 지고 있다. 인생 3막에서 막이 내리기 전에 서둘러 해야 할 일은 사랑의 빚을 조금이라도 갚는 일일 것이다. 요셉의원에서 만나는 환자들은 발에 티눈이나 무좀이나 피부염 등으로 내원하는 경우가 많다. 진찰을 위해 발을 만지면 "병원에 오기 전에 씻기는 했지만 그래도 더러운 발인데 만지지 마세요"라고 말하는 분이 많다. "세상에 항상 깨끗한 발이 어디 있나요? 깨끗하고 병이 없는 발은 볼 필요도 없지요"라고 말하며, 용기를 잃지 말기를 바라는 마음이 잘 전해지도록 발을 꼭 잡아준다. 고맙다고 인사하며 진료실을 나가는 환자를 볼 때마다 나에게 감사할 일이 얼마나 많은지를 새삼 깨닫게 된다. 내가 아직 걸을 수 있고 맑은 정신으로 누군가에게 작은 도움을 줄 수 있다는 것은 결코 작지 않은 축복이다. 더구나 전문가가 정성으로 가꾸는 넓은 정원을 매일 산책할 수 있으며, 정성을 다하여 끼니때마다 건강식을 차려주고 주기적으로 건강을 체크해 주는 낙원 같은 이곳에서 사는 것은 또 얼마나 큰 축복이고 감사한 일인가?

나의 인생 3막의 주 무대인 이곳의 정원에는 철에 따라 80여 종의 나무와 100여 종의 화초가 다투어 꽃을 피우고 있으니 이보다 더 멋진 무대는 없으리라. 5월의 무대를 화려하게 장식한 작약, 미스김라일락, 백당나무, 홍자단, 쥐똥나무, 칠엽수, 장미, 때죽나무, 병꽃나무, 꽃양귀비, 매발톱꽃, 은방울꽃, 돌단풍, 둥굴레, 붓꽃, 자주달개비, 노랑꽃창포 등에 이어 6월의 무대를 장식할 산수국, 피나무, 산딸나무, 일본조팝나무, 꽃창포, 어성초, 섬초롱, 스텔라원추리, 기린초, 백합, 부처꽃 등이 차례를 기다리고 있다.

재작년 5월 저녁 진료를 마치고 돌아올 때 이곳에 있는 때죽나무의 수천, 수만 개의 하얀 꽃들이 달빛 아래 유난히 아름답게 빛났던 것이 기억난다. 마음이 기쁠 때는 꽃들도 더 아름답게 보이기 때문이리라. 지난 1년간 COVID-19로 나가지 못했던 요셉의원 진료를 6월부터 다시 나갈 예정이다. 누군가 한 말이 생각난다.

"행복해지고 싶으면 감사하라."

지금이 그때다

이실자

내 고향은 전국에서 고령화가 가장 빨리 진행되어 소멸 지역으로 지정된 경북 군위이다. 고향의 지명이 지도에서 사라질지도 모른다는 아쉬움과 안타까움은 대구국제공항이 들어선다는 소식에 기대와 설렘으로 바뀌었다.

인생도 그런 것 같다. 고등학교 입학을 앞두고 부모님은 막내딸인 나를 "오라비한테 가서 공부하여라." 하며 서울로 보내셨다. 고향을 떠나는 두려움과 외로움이 새로운 이야기로 바뀌는 순간이었다. 낯선 서울에서 보내는 생활은 몸도 마음도 힘들었지만, 꿈을 일깨워준 모교와 스승이 계셨기에 용기를 낼 수 있었다. 교육 분야에서 5·16 민족상을 수상하신 스승 신봉조 교장 선생님은 "여러분은 언제 어디서든지 꼭 있어야 할 인물이 되어라"라며 강조하셨고, 그 말씀이 뇌리에 깊이 남았다.

"야야, 그러다 말겠지."

대인관계에서는 어머니의 목소리가 나를 다독였다. 참기 힘들고 어려울 때도 '그카다 말겠지.' 하고 바라보면 서서히 지나가는 많은 순간을 만났다. '이 또한 지나가리라'라는 명언을 어머니는 어떻게 알고 계셨던 걸까.

좋은 인연으로 덕 높은 짝을 만나 동행할 수 있었고, 늘 든든한 삼 남매가 잘 자라 제 몫을 다하며 살아갈 수 있음에 감사하다. 남편이 퇴직한 후 홀가분한 마음으로 국내외로 여행을 떠났던 장면은 지금도 좋은 추억의 앨범으로 남아 있다.

늘 병약한 나를 안쓰럽게 여기던 남편은 병원에 입원한 지 일주일 만에 하늘나라로 먼저 떠났다. 팔순이 되면 가까이 살기로 한 아이들과의 약속대로 대전에서 보낸 40년을 접고 시니어 타운에서 새로운 생활을 시작했다. 마침 먼저 와 있던 친구의 안내로 불편 없이 잘 적응하고 여러 가지 프로그램 중에 마음에 드는 것을 골라 적극적으로 참여했다. 지금은 동해안 청정 지역에 사는 친구가 그곳에서도 건강하게 잘 지내기를 바란다.

되돌아보면 대전에서의 40년은 참 다채로웠다. 무릎 관절이 약해지기 시작했던 쉰 살부터 취미로 고전 무용을 했고,

문화 촉매자로 자원하여 사회단체에 공연하며 다녔다. 영어로 하는 〈춘향전〉과 〈맹 진사 댁 경사〉 공연에서 주인공을 맡기도 했다. 공연 활동은 20년간 계속했다. 학창 시절에 읽었던 조지훈 시인의 시 「승무」의 한 소절을 가슴에 품었더니 그것이 현실이 되었다.

'얇은 사 하얀 고깔은 고이 접어서 나빌레라.'

지역 문화원에서 끊임없이 공부하며 사회에 이바지하기도 하는 생활이 즐거웠다. 1993년 대전 엑스포 자원봉사도 즐거운 경험이었다. 내가 사는 도시에서 국제적인 행사가 열리는데 시민의 한 사람으로서 사회에 이바지한다는 것이 얼마나 보람 있고 신바람 나는 일이었는지, 받는 것보다 주고 나누는 것이 즐거운 나날이었다.

동양 고전에 관심이 많았던 남편과 함께 고전 공부를 열심히 했던 기억도 난다. 대산大山 김석진 선생으로부터 『사서삼경四書三經』의 최고봉인 주역까지 꾸준히 배우면서 인생 행로에서 맞닥뜨리는 느닷없는 슬픔과 아픔을 극복하고 다시 일어설 수 있는 지혜를 얻었다.

대전에서의 삶이 역동적이고 치열했다면, 시니어 타운에

서 보내는 생활은 풍요롭고 평안하다. 이곳에 와서 시작한 게이트볼은 새로운 취미가 되었다. 평생 공을 만져본 일조차 없는 내가 게이트볼을 1년 반 이상 재미있게 하게 될 줄은 몰랐다. 이제는 게이트볼팀의 회장이 되어 심부름을 맡아 하고 있다. 이만한 건강이 허락된 것에 매일 감사의 나날을 보내고 있다. 내 인생의 마디마다 새로운 문이 열리던 나날들, 오늘도 새로운 하루가 열린다.

새로운 시작을 멈칫하고 있다면, 자신 있게, 용기 있게 시작하기를 바란다. 시작하기 좋은 날, 바로 오늘이 그때이니까.

아름다운 여행

최삼숙

이곳의 봄과 가을의 경치는 아름답다. 봄, 가을, 하면 생각나는 것이 있다. 남편의 생일, 봄, 그리고 내 생일, 가을. 그래서 우리는 봄, 가을로 여행을 많이 다녔다.

열심히 살던 어느 날, 몸에 황달기가 있어 병원에 가니 빨리 수술을 해야 한다고 했다. 수술하고 병원에 누워 있던 날, 남편이 말했다.

"우리 이렇게 살지 말고, 더 늦기 전에 많은 추억을 만들
  자."

이후에 곱게 물들던 단풍 숲, 시원하게 쏟아지던 폭포, 끝없이 펼쳐진 바다, 자연이 위대하게 느껴지던 협곡까지 참 많은 곳을 다녔다.

우리 남편은 사랑을 표현하는 데 참 쑥스러워하던 사람이었다. 요즘 젊은 부부들은 사랑한다는 말을 참 잘하던데, 우리 시대의 부부들은 아마 사랑한다는 말을 들어본 적이 거의 없을 것이다. 돌아와 생각해보면 그저 부엌에서 일할 때 말없이 와서는 내 볼기를 토닥토닥 두들겨 주던 것이 사랑한다는 이야기였던 것 같다.

남편은 암에 걸리고 나서도 비교적 건강하게 살았다. 사별하기 2년 전부터 확연히 몸이 나빠지기 시작하면서 나의 간병은 시작됐다. 남편이 제일 힘들었겠지만 나 역시 참 힘든 시기였다. 몸무게가 10kg이나 빠져 53kg에서 43kg이 됐다. 병원에서 먹고 자고 했던 그때, 집안일을 돌보기 위해 잠시 집에 갔다가 병원으로 오면 아주 잠시였는데도 남편은 그렇게 얼굴을 쓰다듬으며 반겼다. 그리고 얼마 후 떠나기 직전, 코에 줄을 긴 채 말도 못 하고 손가락 까딱할 힘이 없었는데도 남편은 두 손을 번쩍 들어서는 내 얼굴을 두 번이나 쓰다듬어 주었다.

그렇게 사별하고 나서 참 많이 힘들었다. 한없이 그립고, 외롭고, 살아갈 의욕도 잃었다. 이대로는 정말 죽겠다는 생각이 들자 나는 114에 전화했다. 그 시절에는 114에만 전화하면 모르는 것을 알려주던 때였다.

사정을 이야기하며 내가 갈 만한 곳이 없겠는지 물으니 114 직원이 집 가까운 곳에 있는 복지관을 알려주었다. 전화를 끊고 무작정 버스를 타고 복지관 앞에 내렸고, 그곳에서 나는 '아름다운 여행'을 만났다.

과거, 현재, 미래로 여행을 떠나는 차를 타고 이곳저곳을 다녀오는 프로그램이었다. 일제 강점기 시대에 재현된 어떤 마을에서는 나의 과거를 만났고, 매일 매일의 일상을 글로 적으며 현재의 나를 만났다. 그리고 미래로 떠나는 여행으로 수목장을 알게 되었고, 시니어 타운에 가게 되었다.

30명의 사람과 함께 나는 8년 전 이곳에 왔다. 인솔자를 따라 구석구석 구경했고 점심에 닭 한 마리도 대접받았다. 나는 제일 앞에서 선생님의 말씀을 하나도 놓치지 않으려는 열혈 학생처럼 토씨 하나 놓치지 않으려 귀를 기울였다. 그러고는 그이의 명함을 하나 받아 왔다. 곰곰이 생각했다. 어차피 내 삶은 내가 책임지는 것이고, 나 스스로 꾸려나가는 것이라는 생각이 들었다. 그래서 주저 없이 전화를 걸었고, 이곳에서 8년째 생활하고 있다.

처음에는 우울했다. 밖에서 살 때는 잘 보이지 않았던 환자들이 눈에 띄었다. '내가 생각한 건 이런 게 아니었는데'라는 생각에 한없이 우울했다. 그렇게 고민하고 왔건만 내가 잘못 왔나, 하는 생각에 집 밖으로 나가고 싶지 않았고, 이곳에 온 것을 후회했다.

그런데 시간이 지나고 보니 이해가 되었다. 나는 마음을 고쳐먹었다. 나의 앞일을 미리 본다 생각했고 상대방이 얼마나 괴로울까, 이해하고 사랑하는 마음을 가지자고 다짐했다. 그랬더니 마음이 편안해졌다.

이곳에 온 날부터 나는 매일 빠지지 않고 일기를 쓰고 있다. 보고 느낀 대로 글을 적고 있는데 참 재미있다. 누구든지 일기를 써 보았으면 좋겠다.

공기 좋고, 아름답고, 깨끗하고, 어딜 가나 어머니, 어머니 부르며 친절한 사람들이 있는 이곳에서 여생을 베풀고 이해하고 양보하고 사랑하면서 즐기자고 다짐한다.

참, 지금 함께 생을 즐기고 있는 부부에게 이야기하고 싶은 것이 있다.

"원수니, 구수니 해도 영감이 최고랍니다. 살아있을 때 사랑하고 잘해주세요. 나중에 후회하는 일 없게요. 아 셨죠?"

오늘도 나는 아침 일찍 집을 나선다. 사진 속 남편에게 "갔다 올게." 하며 인사를 건넨다. 마지막으로, 매일매일 마음에 새기는 나의 다짐을 이야기하며 글을 마치겠다.

「이웃들과 잘 지내고 밝고 건강하게 규칙적으로 생활하며, 치매 걸리지 말고 중환자실에 가지 말고 자는 잠에 3일만 앓다가 아버지 부르심에 응하게 건강을 유지하려고 더욱더 노력하겠습니다. 명랑한 생활을 유지해야겠다고 다짐합니다.」

기다림의 시간,
그리고 기도

이경희

검은색 승용차가 정문을 향해 가고 있다. "어디로 가는 걸까?" 마치 나를 두고 가는 것 같은 느낌이 들어 왠지 쓸쓸해진다. 저녁나절 숲길을 산책하다가 언덕 위 벤치에 잠깐씩 앉아 있을 때면 차가 오가는 것은 의례 보는 광경인데, 나가는 차를 볼 때마다 왜 그런 생각이 드는지 모른다. 소녀도 아닌 이 나이에 감상에 빠지게 되는 것이 이상하다.

하긴 젊었을 때도 그랬다. 여행 중에 잠깐 만난 사람이 "저는 오늘 떠납니다." 하고 트렁크를 끌고 호텔 카운터에 가는 것을 보면, 나를 두고 먼저 가는 것 같아 서운함마저 느껴지곤 했다. 만난 지 며칠도 안 되는 사람이라 벌써 정이 들었을 리도 없는데, 그저 누군가에게서 남겨졌다는 생각이 든다. '남겨진다는 것'은 쓸쓸한 일이다.

용인에 있는 시니어 타운에 들어온 지 만 3년이 되었다. 이곳의 생활에 무척 만족하며 지내는데도 문득문득 쓸쓸한 생각이 들 때가 있다. 어렸을 적에 자고 일어났는데 엄마가 눈에 보이지 않으면 그리도 쓸쓸했던 마음이 요즘 순간 스칠 때가 있다. 나이가 든 때문이겠지. 나이를 먹는다는 자체가 쓸쓸한 일 아닌가.

이곳에서 행복하다고 생각하며 사는 것은 혼자서 밥해 먹고 시장보고 하던 일을 하루 세 끼 밥상을 챙겨주고, 좋은 강좌를 듣게 하고, 취미 생활을 즐길 수 있도록 해주기 때문이며, 조금만 아파도 간호사가 뛰어와 주는 등 생활하는 데 불편한 것을 해결해 주기 때문이다. 무엇보다도 이곳 생활이 즐거운 것은 노인들끼리 깔깔대며 웃을 일이 많아서이다. 승강기에 타 놓고는 "내가 어디를 가려고 했더라?" 하며 나 또한 가끔 멍해지곤 하는데, 이처럼 쓸쓸한 일조차 노인들끼리는 웃을 일이 된다. 그래서 승강기에 함께 탄 사람들과 폭소를 터뜨리기도 한다. 그 같은 일들이 이곳에선 흉이 아니라 즐거운 일이기만 하다.

'나이를 먹으면 어린아이가 된다'라는 말이 참으로 실감 날 때가 많다. 아이들은 감정을 조절하지 못하고, 본능적인 요구를 만족하지 못할 때는 울든지 소리를 지른다. 노인들도 마찬가지이다. 나이가 들어 망령이 나면 큰소리도 잘 내고 화도 잘 낸다. 어른이 되면서 교양으로 참고 있었는데, 교양이 없어지고 본능만 남으니까 아이들과 같아진다.

아이들의 고집을 엄마가 감당하기 어렵듯이 노인들의 고집도 감당하기가 쉽지 않다. 아무리 의사를 찾아가도 아픈 곳이 낫지 않고 여전히 아프니까 되풀이해서 의사를 찾는 것도 노인들 고집 중의 하나이다. 이것을 모르는 젊은 의사가 "그건, 고칠 수 없어요. 연세가 드셔서 그런 겁니다." 그러면서 "맛있는 것 많이 잡수시고, 운동 잘하시고…"라고 말하면, 가뜩이나 노여움 잘 타고 섭섭해하는 노인들은 그 말이 야속해서 "얼른 죽는 수밖에 없지"라고 하며 토라져 버린다. 그런데 그럴 때 옆에 있는 노인들이 합세해서 "글쎄 말이야, 얼른 죽어야지"라고 하면 그제야 어린애같이 풀어져서 웃고 깔깔댄다.

어렸을 때 나의 할머니께서 밥상을 받으시면 꼭 한 번씩 "이게 뭐지?" 하시는 것을 보고 "눈으로 보면서 뭘 물어보시는 거지?" 하는 생각이 들며 할머니의 그런 모습이 싫었었는데, 내가 그때 할머니가 하시던 것과 똑같이 반찬을 젓가락으로 뒤적이면서 "이게 뭐지?" 한다. 그래도 이곳에서는 흉보는 사람이 없어서 좋다.

눈만 그러랴. 귀도 어두워져서 몇 사람만 모여도 시끄럽
기 짝이 없다. 다 같은 난청 노인들끼리라 시끄럽다고 말하
는 사람은 없다. 가끔 나의 딸한테서 "엄마, 목소리 좀 줄이
세요. 너무 커요"라고 하는 군소리를 들을 뿐. 딸이니까 엄마
를 흠잡히지 않게 하려고 일러줘서 고맙긴 하지만, 그 애가
가버리면 도로 마찬가지가 되어 큰 소리를 내며 웃는다.

시니어 타운의 생활은 기다림의 생활이다. 검은 승용차가
정문을 향해 나가는 것을 바라보며 쓸쓸한 생각이 드는 것도
내가 이 세상의 큰 대문을 나가는 날을 기다리고 있기 때문
일 것이다.

노인이 아이와 다른 점이 있다면, 죽음을 어떻게 생각하느
냐일 것이다. 젊었을 때는 죽음을 무서워했는데 지금은 조금
도 무섭지 않다. 그저 아프지 않고 편안히 죽기를 기다릴 뿐
이다. 그것이 다르다.

시니어 타운에서 기다림의 생활을 하면서 나는 저녁에 잠
자리에 들 때마다 기도한다.

「예수 마리아 요셉이여, 내 마음과 영혼을 당신에게 맡
기나이다.

예수 마리아 요셉이여, 임종의 고통 속에서 나를 도와

주소서.

예수 마리아 요셉이여, 당신 보호하심에 편안히 마지막

숨을 거두게 하소서.」

오늘도 나는 기다림의 시간을 보내면서 '마지막 숨을 편안
히 거두게 하소서'라고 기도한다.

어떤 길에 새겨진
우리의 이야기

벚꽃이 흐드러지게 핀 봄의 어느 날, 어김없이 열여덟 번째 벚꽃 축제가 시작되었다. 흩날리는 벚꽃 잎이 새로운 계절의 생동감을 느끼게 하고, 20년 동안 굳건히 뿌리를 내린 나무들이 서로 스치며 내는 다정한 소리가 배경 음악이 되는 곳, 이곳은 우리 시니어 타운의 벚꽃 터널이다. 매일 만나는 익숙한 이 길에서 오늘은 이웃들과 해물전에 막걸리 한잔 기울이며 특별한 기억을 만든다.

이곳의 산책로는 세월이 갈수록 많은 기억을 품어간다. 작은 꼬마 나무가 시원한 그늘을 만들어내는 커다란 나무로 클 동안 많은 어르신의 희로애락이 이곳에 아로새겨졌다. 산책로는 아무 조건 없이 곁을 내어준다. 봄이면 한 해 동안 건강과 행복을 기원하는 것처럼 목련, 매화, 벚꽃, 이름 모를 야생화가 꽃길을 만들어준다. 여름이면 초록의 녹음이 시원한 그늘을 만들어주고, 시끄럽게 우는 매미도 기분 좋은 계절의 변화를 느끼게 해 준다. 계절의 절정인 가을은 역시 이곳에서도 그렇다. 겨울이 오면 또 다른 장면을 선사해 줄 것이건만 지나가는 가을이 아쉬울 정도니까. 춥고 미끄러운 탓에 겨울은 눈으로 담을 수밖에 없지만, 새하얗고 고요한 풍경은 그것만으로도 마음에 위안을 준다. 우리는 이곳에서 벚꽃 축제, 전어 축제와 같이 계절감을 물씬 느낄 수 있는 작은 마을 잔치를 열기도 하고, 풀 향기 그윽한 잔디 광장에서는 패티 김의 노래를 들으며 한여름 밤에 맥주를 즐기거나 때로는 어린 시절로 돌아가 바위틈에 숨은 보물을 찾기도 한다. 흥겨운 풍물놀이와 다양한 악기가 연주하는 멜로디는 그 자체로도 훌륭하지만, 자연과 어우러져 더욱 빛을 발한다.

산책로는 어떤 이에게는 매일 걸으며 운동할 수 있는 훌륭한 운동장이기도 하고, 어떤 이에게는 배우자와 함께 오붓하게 시간을 보낼 수 있는 멋진 데이트 장소가 되기도 한다. 어떤 이에게는 사색을 즐길 수 있는 고요한 명상 쉼터이고, 또 어떤 이에게는 오래된 나무 냄새 속에서 흙길을 걸으며 마음을 치유하는 곳이기도 하다. 그리고 어떤 이에게는 아쉬움과 부러움의 대상이다.

일찍이 이곳에 왔지만, 20년의 세월 동안 이제는 누군가의 도움이 필요해진 80대의 두 부부가 계시다. 두 분 모두 걸을 때 보행 보조 기구의 도움을 받아야 하는데, 어느 날은 어렵게 산책로에 다녀오셨다고 했다. 창밖으로 보이는 가을 길이 너무 아름다웠고, 힘차게 걷는 사람들이 부러워 저 풍경 속에 풍덩 빠지고 싶었다고 했다. 매년 보는 가을이건만 점점 더 무르익어 가는 가을에 마음을 빼앗긴다고, 그래서 용기를 내 나갔는데 너무 힘이 들어서 앞으로는 보는 것에 만족해야 겠다고 했다.

20년의 세월 동안 산책로에는 많은 어르신이 오갔다. 우리가 이곳에서 함께했던 기억의 사진첩을 펼쳐 보면 여전히 이곳에서 만날 수 있는 분도 많지만, 이제는 정답게 손을 맞잡고 이야기를 나눌 수 없음이 아쉬운 분도 많다. 수많은 사람의 발자국이 이곳에 새겨졌고, 순간의 행복과 깊은 고뇌와 알 수 없는 마음들이 이곳에 스며들었다.

산책로가 있어 이곳을 선택했다는 어떤 어르신은 매일 새벽 5시 30분이 되면 산책을 시작하신다. 나무와 바람과 꽃이 하는 이야기를 듣다 보면 어느새 새벽은 아침이 되어 있단다. 매일 점심 전에는 운동복을 입은 어떤 부부의 모습이 보인다. 그리 빠르지 않은 걸음으로 보폭을 맞추어 걷는 부부의 모습이 정겹고, 영원하지 않은 순간임을 알기에 소중하다. 노을이 지는 하늘 아래 열심히 땀을 흘리며 걷는 할아버지의 모습은 활기차 보인다. 열심히 몸을 움직였으니, 다가오는 내일도 힘차게 시작할 것이다. 그리고 많은 이의 동무가 되어 준 이곳의 산책로도 오늘의 기억을 베개 삼아 고요한 잠을 자고, 새로운 아침과 새로운 이야기를 맞이한다. 우리들의 건강과 마음과 열정과 행복을 가득 품은 아름다운 이야기로 가득한 산책로에는 시간이 갈수록 더 짙고 깊은 인생의 향기가 밸 것이다.

석양을 바라보는 94세의 전병한 할아버지에게 나는 인생이 무엇인지 물었다.

"아버님, 인생은 무엇인가요?"
"꿈같은 것이죠."

「그것이 엊그제 같기도 하고 아득한 옛날 같기도 한 그때의 일들이 모두 꿈속의 일처럼 아롱아롱 떠오르고 사라진다. '인생 일장춘몽'이란 인생의 덧없음을 비유한 것으로, 한바탕 봄 꿈처럼 인생 일 막_{일생}이 지나갔음을 뜻하는 것이리라.

늙으면 과거에 산다는 말처럼, 그 지나간 일들을 회상
하고 더듬으면서 일희일비하고, 아쉬워도 하는 것이다.
되돌아보면 잘못한 일이 더 많이 떠올라 자책감에 사로
잡히고 후회스럽고 얼굴이 붉어지기도 한다. 다 지나간
일이고 되돌릴 수 없는 일인데 새삼스럽게 마음을 졸이
고 신경을 쓸 필요 없는 것을.

먼젓번에는 A 씨가 떠나가고, 오늘은 B 씨가 갔다고 한
다. 먼 친구 가까운 친구들이 띄엄띄엄 저세상으로 떠
나가면서 어느덧 주위가 공허해지는 느낌이다. 지난날
에 몰랐던 갖가지 노환이 찾아와서 놀랍고 의심스러우
나 자기 일이 분명하며, 일생을 잘 표현한 '생노병사生老
病死'라는 말이 마음에 와닿는다.

은퇴 이후의 삶에 접어든 지도 어언 30여 년! 그리 긴
세월도 아닌 것 같은데 '격세지감隔世之感'을 느낀다. 인
터넷으로 정보가 쏟아지고 생활의 다기화, 기계화로 젊
은이는 시간에 쫓기니, 살기가 각박해지는 것 같다. 빌
딩의 숲, 거미줄 같은 지하철 노선, 피부색이 다른 이방
인들, '상전벽해桑田碧海'의 변화에 "실버들도 과거와는
달리 능동적이고 적극적으로 변화에 적응하는 것이 중
요하다"고들 말한다.

이제 '인생 일 막의 꿈'이 길어져서 100세 시대가 열린 지 오래이며, 좋은 생활 환경 덕분에 후진들이 계속 이어져 갈 것으로 기대한다.

생명은 아름답고 소중한 것이다. 생의 마지막 순간까지 인간으로서의 가치를 지켜나가는 것이 내 큰 소망이다.」

인생이 꿈같은 것이라면 누구나 꾸고 싶은 일확천금의 꿈은 아니더라도 언제라도 기분 좋게 일어나 웃을 수 있는 그런 좋은 꿈이었으면 좋겠다. 건강과 마음과 열정과 행복을 채우면서 사는 사람들에게는 분명 그런 좋은 꿈이 펼쳐질 것이라 믿는다. 이 책과 함께한 당신의 인생 여정도 좋은 꿈으로 가득하기를 바란다.

부록

도움받을
수 있는
정보들

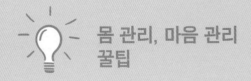

몸 관리, 마음 관리
꿀팁

TIP

지금까지의 일상을 점검하고, 앞으로의 일상을 계획해 보세요.

나름대로 건강을 지키기 위해 실천해 온 방법들이 있을 겁니다. 걷기, 헬스, 등산, 골프, 수영 등등. 건강한 일상을 보내려고 부지런히 해왔을 수도 있고, 그저 즐거워서 해왔을 수도 있겠습니다. 이제는 그것이 나에게 정말 맞는 방법인지 점검해야 할 때입니다. 그리고 앞으로도 계속할 수 있는 운동인지 결정해야 합니다. 당신에게 맞는, 나이가 들어서도 계속할 수 있는 운동이 당신에게 새로운 즐거움과 노년의 시기를 잘 보낼 수 있는 건강을 선물해 줄 것입니다.

보건소의 건강 증진 센터를 활용하세요.

국가에서는 전국적으로 건강 증진 사업을 진행하고 있습니다. 지역에 있는 보건소별로, 관내 주민 등록 거주자들을 대상으로 하는 다양한 활동을 펼치고 있습니다. 노인 대상 맞춤형 건강 증진 시설로 주목받는 광명시 노인건강증진센터에는 근력 향상을 위한 순환 운동, 낙상 위험도 평가 및 훈련, 인지 향상 프로그램을 운영할 뿐만 아니라 사전, 사후 평가를 통한 물리치료사 등의 전문가 상담도 진행된다고 합니다. 앞으로 이런 곳들이 더 늘어나겠죠. 당신의 기초 건강과 체력을 측정하고, 그에 맞는 건강 계획을 세우고 싶다면, 지역의 보건소를 활용해 보시는 것도 좋을 것 같습니다.

TIP

디지털 세상을 두려워하지 마세요.
그곳은 당신에게 무한한 기회와 가능성을 선물
합니다.

혹시 '이 나이에 무슨 기회가 있겠어, 무슨 가능성이 있
겠어?'라고 생각하시는지요. 디지털 세상의 수많은 기
회와 가능성을 한번 만나보면, 진즉에 이 세상을 접하
지 못한 것을 후회하실 거예요. 뜻이 맞는 사람들과 만
나 동호회 활동을 할 수도 있고, 저렴한 여행 티켓을 구
해 가족이나 친구와 여행을 떠날 수도 있어요. 손자, 손
녀에게 선물해 줄 장난감도 디지털 세상에서는 더 싸게
구매할 수 있으니, 이만하면 한번 시작해 볼 만하지 않
은가요?

지역 복지관에서는 꽤 유용한 교육을 많이 하고 있습니다.

디지털 세상, 어떻게 시작해야 할지 막막하시죠? 근처에 있는 복지관에만 가도 첫 시작을 어려움 없이 하실 수 있을 겁니다. 복지관에서는 정보화 교육컴퓨터 활용뿐만 아니라 스마트폰 활용 교육, 그리고 최근에 식당이나 마트에 많이 도입되고 있는 키오스크* 사용법 교육까지 다양한 디지털 기기에 적응할 수 있는 교육들을 진행하고 있습니다. 일단, 발걸음을 한번 떼어 보세요.

---

* 화면을 터치하여 주문하고 카드 등으로 결제하는 무인 단말기.

TIP

살 만한 세상을 위해 늘 애써 왔던 당신입니다.
그런 노력이 지금의 세상을 만들었죠.
더 나은 세상을 만들기 위해 노력하는 그 마음이
위대한 유산입니다.

꼭 여유가 있어야 나눌 수 있는 것은 아닙니다. 이웃에게 환한 미소로 '안녕하세요!'라고 인사하는 것도 마음을 나누는 것이지요. 수많은 사람을 만나오고 인연을 맺어오면서 당신은 아주 작은 것 하나라도 나눈 경험이 있을 것입니다. 그때의 기분을 기억하시나요?

소소한 기쁨을 느끼셨으리라 생각합니다. 그 기쁨이 당신의 하루를 기분 좋게 만들었고, 당신을 좋은 사람으로 만들었을 것입니다. 그런 경험은 자신을 괜찮은 사람이라 느끼게 하지요. 그리고 이런 자존감은 노년의 시기에 아주 중요한 부분을 차지합니다. 나누는 기

쁨이 자신을 얼마나 풍족하게 하는지 느껴보시기를 바랍니다.

1365 자원봉사 포털에서 나에게 적합한 나눔 활동을 찾아보세요.

이렇게 도움이 필요한 곳이 많았나 싶을 정도로 다양한 나눔의 기회를 찾을 수 있는 사이트입니다. 최근에는 코로나-19 예방 접종 센터 안내를 도울 자원봉사자를 많이 구하고 있네요. 도서관에서 서가를 정리하거나 치매 안심 센터의 프로그램 보조, 유치원에서의 돌봄 활동 지원 등 특별한 기술이나 자격증이 없어도 쉽게 시작할 수 있는 나눔 활동이 많습니다.

물론, 전문적인 기술이 필요한 나눔 활동도 있어서 나

에게 적합한 활동을 찾을 수 있습니다. 자원봉사에 지원하고 기관에서 주는 연락을 기다리기보다는 내가 직접 돕고 싶은 활동을 적극적으로 찾아볼 수 있다는 점에서 남녀노소 상관없이 많은 사람이 활용하는 자원봉사 포털입니다.

열정 관리
꿀팁

TIP

새로운 시작과 익숙하지 않은 일상은 누구에게나 설레면서도 두려운 일입니다.
그렇지만 해 볼 만한 가치가 있다는 건, 누구보다도 당신이 제일 잘 알고 계시겠죠?

내 삶의 주인이 되는 어르신들의 삶은 누구의 삶보다도 뜨겁고, 밝고, 재미있습니다. 올림픽이라는 큰 무대에 선 선수들처럼 다른 사람의 시선이나 말, 행동에 크게 개의치 않고, 자신만의 길을 가는 분들이지요. 그야말로 정신력이 강한 사람들이라고 할까요? 당신의 삶도 누구보다 뜨겁고, 밝고, 재미있었으면 좋겠습니다. 지금이 인생에서 가장 무르익는 절정의 시기이니까요.

평생학습관, 50플러스센터 등 시작을 위한 환경은 준비되어 있습니다.

'50플러스센터'는 50대 이후의 삶을 준비하는 곳으로, 주로 일자리와 관련한 다양한 프로그램을 진행하고 있습니다. '평생학습관'에서는 다양한 인문학 강의뿐만 아니라 취업 전선에서 활용할 수 있는 실질적인 강좌를 운영하고 있지요. 새로운 시작을 원한다면 일단 몸을 움직여 보세요. 생각보다 다양한 정보를 얻을 수 있을 거예요. 그 정보들이 당신의 노년을 어떻게 만들어줄지 기대됩니다.

유명한 작가만 책을 만들 수 있는 것은 아닙니다. 요즘에는 본인의 이름으로 책을 내는 평범한 사람들이 많거든요.

자비 출판 형식의 출판도 많이 이루어지고, 자서전을 주로 다루는 출판사들도 있습니다.

스스로 비용을 부담하여 책을 만드는 것을 '자비 출판'이라고 합니다. 요즘에는 인터넷에 자비 출판이라고 검색만 해도 많은 업체가 나와 있어요. 자서전을 쓸 당신에게 자비 출판 업체의 잘 정리된 시스템은 많은 도움이 될 것입니다.

특히, 자서전을 출판하는 데 도움받을 수 있는 '리안메모아'라는 출판사가 눈에 띕니다. 리안메모아는 각 분야에서 치열하게 살아온 사람들의 메모아를 출간하고, 베이비붐 세대를 위한 해외 도서들을 번역, 소개하는 전문 출판사입니다. 메모아Memoir란 '회고록'이라는 뜻으로, 각자의 경험담이나 추억담, 과거의 흔적을 의미 있고 소중한 이야기로 승화시켜 기록한 것이라고 하네요리안메모아 블로그 발췌.

미래 관리
꿀팁

건강한 삶을 위한 계획도 중요하지만 건강하지 않은 삶을 계획하는 것도 노년의 시기에는 매우 중요합니다.
건강하지 않은 삶을 상상하는 것이 그리 유쾌한 일은 아니지만, 꼭 필요하다는 걸 무엇보다 당신이 잘 알고 계시리라 생각합니다.

보건복지부와 복지로에서 매년 『나에게 힘이 되는 복지서비스』라는 책을 출간하고 있다는 사실을 알고 계시는가요? 최신 정책 업데이트는 물론이고, 국민들이 받을 수 있는 정부 서비스를 한눈에 보기 쉽게 정리해 놓은 책입니다. 인터넷을 통해 무료로 내려받아 볼 수도 있고, 출력해서 볼 수도 있습니다. 보건복지부와 중앙치매센터에서 발간한 『나에게 힘이 되는 치매 가이드북』이라는 책도 많은 도움이 될 것 같습니다. 치매를 예

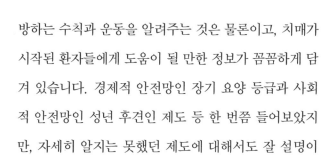

방하는 수칙과 운동을 알려주는 것은 물론이고, 치매가 시작된 환자들에게 도움이 될 만한 정보가 꼼꼼하게 담겨 있습니다. 경제적 안전망인 장기 요양 등급과 사회적 안전망인 성년 후견인 제도 등 한 번쯤 들어보았지만, 자세히 알지는 못했던 제도에 대해서도 잘 설명이 되어 있습니다.

사회보장제도를 꼼꼼히 알고 있고 매년 그 정보들을 업데이트해 나가고 있는 당신이라면, 미래에 대한 준비는 50% 이상 잘하고 있다고 생각합니다.
많은 정보를 얻을 수 있는 웹사이트 몇 곳을 소개해 드립니다.

- 복지로 www.bokjiro.go.kr
- 보건복지상담센터 ☎ 129
- 국민건강보험공단 노인 장기 요양보험

  ☎ 1577-1000, www.longtermcare.or.kr
- 중앙치매센터 ☎ 1899-9988, www.nid.or.kr
- 국민연금공단 ☎ 1355, csa.nps.or.kr
- 한국주택금융공사 ☎ 1688-8114, www.hf.go.kr
- 직업훈련 포털, 고용노동부 ☎ 1350, www.hrd.go.kr
- 노인일자리 여기 ☎ 1566-0151, www.seniorro.or.kr

인생에도 육하원칙이 있어야 합니다.
'누가, 언제, 어디서, 무엇을, 어떻게, 왜'라는
질문을 늘 생각하며 살아야 한다고 하네요.
당신은 은퇴 후, 어디에서 무엇을 하며 살 것인

지 생각해 본 적이 있나요?
'어떻게, 왜'라는 질문까지 나아간다면 당신의
노후 준비는 100점일 것입니다.

은퇴 후, 연령대별로 어디에서 무엇을 하며 살아야
할지 계획하는 것은 매우 중요합니다. 어디에서 무엇
을 하든 누구나 바라는 것은 안정적이고, 몸과 마음
이 편안한 환경이겠지요. 그곳이 지금 사는 집일 수
도 있고, 작은 시골 마을에 지은 새로운 집일 수도 있
겠습니다. 그리고 이제는 그렇게 낯설지 않은 시니어
타운일 수도 있겠네요. 시니어 타운은 유니버설 디자
인이 적용되어 누구나 안전하게 거주할 수 있고, 다
양한 경험과 도전을 통해 삶의 또 다른 의미를 느끼
게 해 준다는 점에서 노후의 거주지로 생각해 볼 만
한 곳이지요.

전국에는 30여 개가 넘는 시니어 타운이 자리하고 있습니다.

사실 시니어 타운이 지금보다 더 많았던 시절이 있었습니다.

그러나 여러 사정상 자체 운영이 어려운 시니어 타운은 시간이 지나면서 문을 닫게 되었죠.

전국에 있는 시니어 타운 중 서울·경기·인천 지역의 대표적인 몇 곳을 소개해 드리겠습니다.

서울

더클래식500   서울특별시 광진구 능동로 90

📞 02-2218-6000

서울시니어스타워   서울시 강서구 화곡로68번길 102
가양타워 외

📞 02-3660-7700

더시그넘하우스   서울특별시 강남구 자곡로 204-25

📞 02-576-4400

삼성노블카운티 경기도 용인시 기흥구 덕영대로 1751

     📞 031-208-8000

유당마을 경기도 수원시 장안구 수일로191번길 26

     📞 031-242-0079

마리스텔라 인천광역시 서구 심곡로100번길 31

     📞 032-280-1500

이 중 서울시니어스타워, 더시그넘하우스, 삼성노블
카운티, 유당마을, 마리스텔라는 단지 내 너싱홈^{유료 요}
^{양 시설}이 있어서 케어가 필요한 경우 다른 시설로 옮기
지 않고 같은 단지 내에서 돌봄 서비스를 받을 수 있다
는 장점이 있습니다. 다만, 몇몇 시설의 경우 장기 요양
등급 혜택이 적용되지 않아 적지 않은 금액을 부담해야
이용할 수가 있습니다.

최근에는 장기 요양 등급 혜택을 받으면서도 쾌적한

환경에서 케어 받을 수 있는 시설들이 늘어나고 있습니다. 대표적으로는, KB손해보험의 자회사인 KB골든클래스빌리지에서 운영하는 노인 요양 시설입니다. 금융 업계 최초로 요양 산업에 진출한 KB손해보험에서는 현재 서울시 강동구, 송파구 위례동, 서초구에 주야간 보호 시설 및 노인 요양 시설을 운영하고 있습니다. 많은 입소자가 대기하고 있는 만큼 장기 요양 등급이 나왔다면 당장 이용하지 않더라도 대기를 걸어놓는 것을 권유해 드리고 싶네요.

이 외에도 65세 이상의 무주택 어르신들을 대상으로 하는 정부의 공공실버주택이라는 것이 있습니다. 보증금이나 월세가 주변 시세보다 저렴하며, 노인들의 생활 편의를 위해 설계되었다는 것이 장점이지요. 일반 시니어 타운과 마찬가지로 의료 및 생활 편의를 위해 도움을 받을 수 있다는 점도 큰 장점입니다. 국가 유공자이거나 저소득층을 우선 대상으로 하지만 소득에 따라 대상

이 될 수도 있으니 미리 기준을 알아보고 준비해 두는
것이 좋습니다.

마이홈 포털www.myhome.go.kr이나 마이홈 콜센터1600-
1004에서 관련 정보를 얻을 수 있습니다.

TIP

**몇 년 전부터 액티브 시니어라는 단어가 자주
언급되고 있습니다.
포털 사이트 네이버의 지식백과에 따르면 액티
브 시니어는 건강하고 적극적으로 은퇴 생활을
하는 사람들로, 우리말로는 활동적 장년으로
표현한답니다.
전통적인 노년 세대와는 다른 특징을 보이는
액티브 시니어에게는 특성에 적합한 정보와 서
비스, 시스템이 필요합니다.**

최근 액티브 시니어의 라이프 스타일에 맞추어 새로운
형태의 서비스를 제공하는 플랫폼이 생겨나고 있습니
다. '시니어는 소중하니까'라는 의미의 '시소'라는 업체
에서는 시니어의 생활에 필요한 다양한 서비스와 시스

템을 구축하고 있습니다.

시소에서는 그야말로 어르신들이 원하는 서비스를 모두 제공한다고 할 수 있는데요, 디지털 교육뿐만 아니라 구매 대행, 무거운 가구 이동, 전자 제품 설치 등 시니어 혼자서는 해결하기 어려운 문제들을 도와드리는 컨시어지 서비스를 제공하고 있습니다. 그것뿐만 아니라 최신 트렌드를 도입한 다양한 여가 클래스도 운영하고 있는데요, 눈여겨볼 만한 것은 비단 시니어들만 참석하는 클래스가 아니라 지역에 거주하는 30~40대의 젊은 층도 함께 듣는 클래스이기 때문에 다양한 세대와 어울리며 교류하고 여가를 공유할 수 있다는 점입니다. 또한, 클래스에서 끝나는 것이 아니라 별도의 커뮤니티를 조직하여 꾸준히 소통하

고 서로 도우며 상생할 수 있는 장을 만들었다는 점
에서 신선한 플랫폼의 등장이라고 이야기할 수 있겠
습니다. 서울 은평구에서 서비스를 시작한 시소는 점
점 서울 전 지역으로 확대될 것이라고 합니다. 시소
www.siiso.co.kr / 02-2038-2636에서 원하는 서비스를 찾
아보세요.

인생 3막,
새로운 여정의
시작

초판 1쇄 발행 | 2021년 11월 1일

지 은 이 | 삼성노블카운티
편찬위원장 | 최광모
편 찬 위 원 | 김영기, 이현희
일 러 스 트 | 박성진
발 행 인 | 고석현

발 행 처 | (주)한올엠앤씨
등 록 | 2011년 5월 14일

주 소 | 경기도 파주시 심학산로 12, 4층
전 화 | 031-839-6804(마케팅), 031-839-6811(편집)
팩 스 | 031-839-6828
이 메 일 | bookandcontent@hanmail.net

*책읽는수요일, 라이프맵, 비즈니스맵, 생각연구소, 지식갤러리, 스타일북스는
㈜한올엠앤씨의 브랜드입니다.